隐秘的凶手

古早 著

长江出版社

图书在版编目（CIP）数据

隐秘的凶手 / 古早著.
— 武汉：长江出版社，2024.3
ISBN 978-7-5492-9374-2

Ⅰ．①隐… Ⅱ．①古… Ⅲ．①推理小说－中国－当代
Ⅳ．① I247.5

中国国家版本馆 CIP 数据核字（2024）第 050481 号

隐秘的凶手 / 古早　著
YINMI DE XIONGSHOU

出　　版	长江出版社
	（武汉市解放大道 1863 号　邮政编码：430010）
选题策划	天河世纪
市场发行	长江出版社发行部
网　　址	http://www.cjpress.cn
责任编辑	钟一丹
印　　刷	三河市元兴印务有限公司
版　　次	2024 年 3 月第 1 版
印　　次	2024 年 3 月第 1 次印刷
开　　本	880mm×1230mm　1/32
印　　张	8.5
字　　数	170 千字
书　　号	ISBN 978-7-5492-9374-2
定　　价	49.80 元

版权所有，侵权必究。如有质量问题，请与本社联系退换。
电话：027-82926557（总编室）027-82926806（市场营销部）

目录

01	上山	001
02	赴宴	006
03	筹备	015
04	插曲	027
05	酒局	035
06	闲人	043
07	早起	049
08	侦探	057
09	询问	064
10	闲谈	077
11	死者	082
12	房间	090
13	危机	097
14	礼物	105
15	遗漏	113
16	倒霉	119
17	喝茶	127
18	惊喜	139

19 躲藏	145
20 午餐	154
21 吃货	158
22 凑巧	164
23 依靠	172
24 咖啡	179
25 拼图	185
26 小事	194
27 推理	202
28 直播	214
29 失礼	221
30 猜疑	229
31 自白	237
32 真相	246
33 凶手	256

01

上山

12月,在一年之中总是愉快的。

刚下过雪的七峰山,横躺在慵懒的阳光下,随着雪一点点融化,山峦的面目逐渐明朗。树上挂着几片依然留恋枝丫的叶子,风识趣般地吹,不忍心吹掉最后的秋意。

而这时候,一辆大巴车迈着快活的脚步,朝着山上奔去。

车上,一个30岁左右的男人,身材较为臃肿,穿着海蓝色运动装,与利落的美式油头显得有些不搭,侧脸望着窗外。他并没有流连于路边的景色,只是用观望来掩饰内心复杂而又小心翼翼的思绪。

"时间过得真快。"男人旁边的同伴,看到他独自发呆,索性打开话头。

"是啊,马上就要到了。"男人还沉浸在自己的思绪里,依然维持着把脸侧向一边。

"老谢,我是说一眨眼就年底了。"同伴望了男人一眼,用轻笑来表示对那个回答的小小抗议,把身体再往下使劲伸了伸,让自己腰部更舒服一点。

谢让并不老,只不过这位同伴喜欢把身边人都加一个"老"字,以显得格外亲切。

"刚过完国庆节,这又到年底了。"才意识到自己的走神,谢让把头扭了回来,用力地笑了笑,这是同事之间缓解尴尬的礼仪。

谢让仔细看了看坐在他旁边的严顺民——这位年逾40岁的前辈个头儿不高,却比较瘦,他穿着一件深褐色皮质夹克衫,局部的磨损痕迹显现出这件夹克衫的年份,配上千年不变的浅蓝牛仔裤和黑色运动鞋,用一种很放松的姿态瘫在座位上,有些滑稽。

谢让刚来公司时就得知,眼前这位自来熟的同事是出了名的话痨。此刻谢让内心暗暗叫苦,看来不陪着聊会儿,他绝不会善罢甘休的。

"公司举办周年典礼的这地方谁选的?直接把我们拉进山了。"严顺民看谢让显然做出了"应战"的姿势,那就不再试探了,直接进入自己最喜欢的聊天模式。

"好像是温总朋友开的,名字还挺有意思,叫'尚山去'。"谢让提到温总,身体下意识坐直了。

"哟,老谢你知道得……还挺多!"严顺民瞟了他一眼,紧了紧眉头,言语间有一丝不易被察觉的停顿。

坏了!谢让这才意识到自己犯了一个职场大忌——显露出自己知道公司内幕。

谢让心想，职场里最害怕被边缘化，如果发现旁人掌握的公司信息比自己多，往往让人陷入焦虑，常有危机感。而严顺民这一句"你知道得还挺多"，显然是觉得一个新人知道的内幕比他自己还多，要么这新人背景颇深，要么是他自己被边缘化了。无论如何，都对谢让不利。

严顺民调整了一下脚的姿势，感觉自己一只脚踩在了边缘，非常不踏实。

谢让并不想得罪人，更不想惹上这个麻烦的元老，忙解释道："无意间听行政的汤显维说的，他负责这次的典礼筹备嘛。"

"原来是小汤说的，那怪不得。"严顺民心想，行政人员总帮公司高层处理杂事，事情干得越杂，捕风捉影的消息就越多，如果谢让真是听行政的人说的，倒也是十分合理的，自己也不算被边缘化。想到这里，严顺民展眉解颐，一时间轻松不少。

"温总很喜欢泡温泉吗？"谢让给老严找了个台阶。

"温总吗？你还真问对人了。别人我不知道，他我最清楚，他特别喜欢泡温泉，说到这个，我还知道他一个小秘密。"严顺民找到了一个自己拥有的"信息"，高兴不已。

"是什么？"谢让很识趣地搭话。

"他这人哪，不喜欢运动，却感觉温泉比较靠谱，可以帮助人多发发汗，作为运动补偿。于是，温泉就成了他的小爱好，有次我们喝酒的时候他告诉我的。"严顺民用力挑了挑眉毛，摆出了自己和温总的关系也很近的样子。

"原来是这样。"谢让也露出满意的微笑。

接下来的时间里,严顺民描绘了多次温总泡温泉的经历,以及泡温泉对于人体养生的好处,还掺杂着他泡温泉治好了多年风湿病的奇妙故事。

谢让对这个话题不感兴趣,但并不打断他的论述,这是成熟男人该维持的体面,尽量不打断对方。

"不过今晚估计泡不了。"严顺民突然表情从眉飞色舞变得暗淡了一些。

"不开放吗?"谢让回过了神。

"因为晚上要喝大酒,恐怕会喝醉。"严顺民在说到"大"字的时候有意提高了音量。

"啊,这可麻烦了,我不会喝酒。"谢让露出了窘态。

"是吗?一般说不喝酒的人有两种,一种是明白人,另一种是糊涂人。"严顺民眼神故意瞟了一眼谢让,而嘴角挂着一丝耐人寻味的笑容。

"此话怎讲?"谢让疑惑道。

"糊涂人,就是从不喝酒,不知道自己能喝,以为自己不会喝。"

"那我绝对不是。"

"而你就是明白人,明白人就是自己能喝,但是欲擒故纵,欲拒还迎,说自己不喝酒,没准儿到最后众人皆醉他独醒。"严顺民笑眯眯地看着他。

"顺哥说笑,我可没有,真不能喝。"谢让才发现自己掉进他布好的语言陷阱了。

"没事，今晚是人是佛，都能见真身。"

"可饶了我吧，顺哥。"谢让求饶道，接着说，"咱们公司酒文化那么严重吗？"

"只能说不算特别严重，但也绝对不轻。"严顺民发现自己很难表达这个量，"老谢你之前在南方工作吧？"

"是啊，之前公司聚会都不喝酒，大家喝茶。"谢让担忧着。

"那你来厚海，可算作酒局集训了，让你沉浸式深度体验一把北方醇厚的酒文化。"严顺民故意让语气显得狡黠，他聊天经常会在两个话题处开玩笑，一个是聊到喝酒时，一个是谈论女人时。

"之前有耳闻，这边喝酒场面非常吓人。"

"北方人，规矩大，凡事都要讲点文化仪式。温总讲究起来那也是一套一套的。"谢让很陶醉地讲述，"你等着吧，晚上可有好戏，之前有新员工连酒都不敬，被温总嘲讽，这年头一点礼节都不讲的人不值得用。"

"这也太严重了，顺哥，你晚上可得罩着我。"

"兄弟，在喝酒上，你可别失礼啊！"严顺民露出了一个难以琢磨的笑容。

说着，大巴车放慢了速度，开始瞄准那个宽度紧凑的大门，一点点拐进去。两个人都很默契地结束了谈话，开始坐直身体，准备下车。

谢让眼神又陷入空洞，回味着这场谈话，内心暗下决心，今晚他还有一个重要的任务。

02

赴宴

每到 17:30 左右，西京市开始进入最焦头烂额的时刻。

阳光从西面射入写字楼，而楼内却开着毫无用处的灯。里面密布着一群日夜操劳的上班族们，像蜜蜂一样忙碌而不知疲惫。

龚彩云并不是特殊的一个，只是比一般人更懂得利用时间。

她全神贯注地盯着屏幕，绝不是在认真工作，而是看着那撩拨人心弦的数字，数字会有一种魔力，当它无限接近 18：00 的时候，人的心情就会像海棠花一般盛开。

龚彩云，整个人绷紧着像一个花骨朵，等待盛开。

"仙女？！"

突然的声响让龚彩云差点从座位上弹起来，像是一个被针扎过的气球。她转身望过去，原来是身旁的同事——简忆。

"吓死我了，一姐。"简忆虽然年龄小，但有一种与生俱来的老成，而且又担任总经理的助理，大家开玩笑都叫她"一姐"。

而龚彩云最愿意叫她这个外号，也喜欢称身边所有女性为姐姐，显得她年轻，更稚嫩，这是她内心很得意的几个小花招之一。

其实简忆比龚彩云要小7岁，她算是全公司岁数最小的，身高1.6米出头，但腿长的优势倒显得她个头儿比实际更高一些。体型偏瘦，虽没有妖娆的曲线，但吃不胖的身材还是让周围很多人羡慕。

"仙女又约了酒局吗？"简忆依据经验，也能推断出龚彩云肯定在周五有约会。

"当然，酒精才是生活的解药。生活太单调，我需要这药续命。"

"那这药，可真难喝。"简忆回想自己大学时聚会喝过一次酒，但刚入喉就辣嗓子，随后干咳不止，从此闻酒生畏，再也不碰酒。

"你还小，没有体会到酒精的好处，它像是一个魔法绳，能让两个陌生人瞬间拉近距离。"龚彩云用手指比画在身前，做拉线状。

简忆撇了撇嘴，做了个无奈的表情。

龚彩云没有将对话继续下去，而开始最后的整理妆容。于是，龚彩云拿出了镜子，审视自己，就像是阅兵一样，她看得很细，从翘立的睫毛、绚丽的眼影、溢彩的美瞳一路审阅过去，都挑不出毛病，显然她对于自己精湛的手艺很是满意。

她从来都明白，自己并不属于天生丽质那一类人，一切都要靠自己后天的努力，1.7米的身高倒让她骨架子显得有点大，怎么健身都没办法获得让自己满意的身材。不过她十分擅长打扮自己，紧身牛仔裤加高跟鞋是自己的穿搭秘诀，走起路来可以摆出一条优雅的弧线，足以荡起周围人贪婪的目光。

她今晚有一场大仗要打，只等待18：00那一刻的号角吹响。

"对了，一姐，明天的典礼准备好了吗？"龚彩云突然想到一件事。

"在准备呢，还有一些流程上的细节和温总的讲话稿在改。"简忆扶了扶自己的黑框眼镜。

"谁问你这个了，我是说明天要穿的衣服。"

"衣服？就我这身不行吗？"简忆低头看了看自己的衣服，脸上挂着些委屈，感觉自家的孩子被人嫌弃了一样。她今天穿着一件白衬衫和蓝色毛衣背心搭配，下身是宽松的牛仔裤。

"No，你以为典礼是逛街呢？当然不行。"龚彩云皱了皱眉头，双手交叉在了胸前，毫不掩饰自己的鄙夷。

"可我衣服都是这风格。"

"所以，你得赶紧去租一套或者买一套。"

"别整那么麻烦。"简忆歪了歪头，对于这方面她不像对工作那样笃定，总有些怯生生的。

"可不是麻烦，这是基本礼仪。你就知足吧，生活在新时代吧，化化妆弄套礼服就行，要在古代，那凤冠簪钗、步摇环佩，那还不得折腾死你。"

"可是，那样穿很不舒服。"

"就是为了让你不舒服,礼仪是规矩,现在流行一句话叫自律让你自由。有了规矩,在一定约束下,你就更从容淡定了。"

"仙女,聊起这方面你真是一套一套的。"简忆感觉自己被说服,但是又不想承认。

"我只是懂得发挥该有的优势,别天天就只会在工作上耗散自己最宝贵的青春。"

"仙女,晚上又约了谁?"简忆知道再聊下去,自己又要被说教一番,连忙转移话题。

"秘密。"龚彩云露出自己招牌的笑容,她笑起来眼睛会弯成一道月牙。

"玩开心点!"简忆对这位姐姐常年不断的约会,也是见怪不怪。

"你呢?又和你的苹果电脑约会?"

"我也想过周末,但今晚够呛,一会儿还得和汤显维对行程安排。"简忆伸出食指,敲了敲桌上的行程单。

"凑合凑合得了,工作不是重点。"

"重点是啥?"

"来,我给你分享一个职场秘诀。"龚彩云看着她一脸期待。

"少忽悠我,哪有秘诀?"简忆知道龚彩云又开始调侃她。

"真有,听我的。你现在停下工作,弄一套像样的衣服去,穿对衣服干工作就成功一半了。这职场里,有些公司招一个女员工,只是期待她明天穿什么衣服,谁还在乎她工作能力如何,"

龚彩云撩了撩自己的头发,接着说,"赏心悦目也是提升团队士气的有效手段。"

简忆把手从电脑上挪开,对着屏幕反光的部分也看了看自己,头发今天没洗只是盘成丸子头,懒得化妆就戴着一副硕大的黑框眼镜。心想好像龚彩云说得有点道理,自己这几天确实有点糙,再这样下去可不行。

"给你推荐一家精品店。"龚彩云从她满脸愁云就读懂了。

"太好了。"简忆的眼神放出了光芒,在她看来,女人与女人之间的友谊有时候就是一条购物链接、一份保养清单、一勺起司蛋糕那么简单。

随后,龚彩云拿出手机,怕破坏她新涂的指甲油,跷起手指,开始一顿飞快操作。

"这家!发给你了,下班后赶紧去,已经打过招呼,给你留了几件最好的,应该适合你。"

"得嘞,一会儿我先去拿衣服。"

"注意别忙太晚,再好的衣服配上暗淡的脸色也不好看。"龚彩云意识到这个可怜的小姑娘肯定还要回来加班。

龚彩云看时间差不多了打卡下班,刚起身又意识到一个很重要的事情。

"对了,那个周羽,明天来吗?"

"稍等,我看一眼出席名单。"简忆点开电脑桌面的文件,目光扫视一阵,"目前来看,名单里有她。"

"什么，又不出差了？"

"上周开会的时候是说要出差，应该是最后决定不出差了。"

"哼，真麻烦，不知道这家伙又要穿什么。"龚彩云冷哼道。

"别担心，咱们仙女底子比她强多了。"简忆知道这两个人一直是死对头，一个在职场靠外貌优势吃饭的人很难容忍另一个优势明显的人。

"哼，那是当然，她每次都靠着一些奇怪的打扮加分。"

"哗众取宠！"简忆顺着她的话头说。

"就是，尽是一些上不了台面的，亏那些人还一直死盯着她。"

"对，不和她一般见识。"简忆只想快速哄哄这位女士。

"一姐，你还年轻，以后可得小心身边这种狐狸精。"龚彩云感觉简忆并没有把敌对情绪升高，显然不满意。

"但是，我又不是男的。"

"女的才要担心，万一抢你老公呢？"

"噗"，简忆差点被她逗乐，老公这个词离她还十分遥远。

"野狐狸，可是最喜欢家里的男人。"龚彩云用手故意把眼睛拉长，模仿狐狸的样子。

"扑哧"，简忆被她逗笑了。

"不和你磨叽，我得先走了。"说着龚彩云站起身，用很温柔的动作抚平了自己倔强的包臀裙，跨着春季新款的水饺包，潇洒踱步而出。

听着她高跟鞋踢踏的声音，简忆在想，自己有时候很羡慕龚彩云这种很自我的生活，也羡慕她十分懂得利用外貌优势，而自己只有一个年轻人精力旺盛的傻劲而已。

"唉，一切都逃不掉命运的捉弄。"

在另一栋写字楼中，太阳余晖闪过的西南角落，正是老板的办公室所在。

和许多老板办公室一样，这里摆放着标配的两个物件。一个是老板椅背后摆满书的书柜，书柜上通常放着《四库全书》《道德经》《二十四史》之类的精装本。书的要求是足够厚并规整，这让老板谈判时更有底气。

另一个是老板椅前面的整木茶台，材质通常是黄花梨、金丝楠木等上好的木头，取整根做根雕，再刷漆包浆，油光透亮。这让老板训话时更有魄力。

薛展国这时正气愤地拍着自己办公室这张金丝楠木茶台。"温厚海，到底几个意思？"

站在一旁的公司副总宋伟并没有作声，转动着自己的眼珠，拼命回想老板到底是因为什么事情而发怒。

"抢了我一个大单，还邀请我去参加周年典礼？他这人有毛病吗？"

宋伟终于确认老板原来是气这个，"薛总，也许他是想和您道个歉。"

"道歉？我看这是鸿门宴。"

"应该不会,毕竟也是他们的周年礼,我看弄得也挺排场的。"

"是吗?!"薛展国瞟了他一眼。

宋伟意识到自己刚才好像反驳得太坚决,略有些后悔:"我也是怀疑,他应该有别的什么想法。"

"你倒是说说看。"

"依我的拙见,我以为他有这几种可能,第一,肯定是因为刚中标'雅豪集团'的商务礼品年度单冒犯到咱们,所以请您吃饭以示赔罪。第二,他就是客气客气,没打算您真的能去。"

"他那是要示威!"薛展国并不接受这套奉承。

"是是是,他肯定没安好心。"宋伟看老板太生气,想着往另外一个方向劝。

"这个温厚海,气死老子了。"薛展国站起来,想砸个杯子,又舍不得自己的上等官窑,便又放下去,宋伟赶紧递上桌上的烟盒,他顺势就扔出去了。

"您消消气,"宋伟把烟盒捡了回来,"我这就给厚海的程良昌打电话,说您最近要出趟国,日程排不开。"

说着,宋伟拿起手机准备拨电话,但是他分寸拿捏得恰到好处,每一个动作节点都很分明,做得很慢,就像是一个演员在等导演喊"咔"一样,他在等着温厚海下一步指示,是让打这个电话呢,还是制止这个行为呢?

一直没等到指示,他假意拨通了电话:"喂"。

"等一下"，薛展国如期发出指令。

宋伟赶紧地收回手机，走到薛展国跟前，弯下腰来听进一步指示。

"去！还是得去。这是礼节，既然人家邀请当然要赴宴。"

"是是是，既然请了咱们还是得去。"宋伟直了直身体。

"不是这个意思。"

"对，咱们明知山有虎，偏向虎山行。"宋伟右手做出个下劈的手势。

"倒也不是。"

"那是？"宋伟心想，领导果然让人猜不透。

"我倒要看看，他唱得哪出戏。"

"还是薛总有魄力！"宋伟用尽全力竖起一个大拇指。

"我还有一张王牌，关键时候，可出其不意。"薛展国终于露出了微笑。

"薛总果然早有妙招！"宋伟也喘了一口大气。

03

筹备

"尚山去"山庄的名字是老板夏平自己取的。

首先谐音就是"上山去",给人一种内心的召唤,或者说是心理暗示。另外一层意思是他新婚的老婆叫"尚可儿"。人到中年,找一个比自己小 10 岁的年轻老婆,夏平最得意的事情莫过于此。

当别人问起夏平,为什么用老婆的名字取作店名,是不是怜爱有加时,夏平总是呵呵地笑。他知道,用自己老婆的名字还有一个重要原因,那就是他靠着尚家的人脉关系才渐渐在酒店业里站住了脚跟。

在酒店圈里,他是出了名的踏实勤奋,从来没有架子,从最底层的服务员开始打拼,即使当上老板,也从来都把自己当作是一个做服务的人而已。

这天,夏平和平时一样,上午 9 点准时来到自己的山庄巡店。这个山庄并不大，之前是七峰山某军区的疗养院。山庄分成两个部分，本部区是最大的功能区，包含食堂、温泉、办公区、礼堂和住房等。而更具特色的别墅区在离本部区1千米处，由几栋单独的中式小别墅组成，依山壁而建，雨后云雾的缥缈感足以让人心旷神怡。

在夏平盘下来此处后，让整体的中式建筑风格发挥得更为极致，只要不出院门，便是一个怡然的小世界。他觉得自己商业眼光毫不逊色于自己找老婆的眼光，都很独特。

"喂，您好。"这时，他的电话响起了。

"是夏平，夏总吗？"电话那头是一阵蹩脚的普通话。

"是的，请问您是哪位？"夏平觉得这个声音有点耳熟，但想不起来是谁。

"夏总好，我是厚海文化的汤显维，我们老板温总说提前和您打过招呼。"

"原来是汤总啊，您好。"夏平其实并不知道是谁，只是机械性地问好。

"叫我小汤就好，夏总，给您打电话是想确定一下明天晚上的宴会安排。"

"好的，没问题。"说着，夏平拿出了另一部手机，翻查了里面的日记备忘录，他每次都把重要信息记在上面，虽然这种细小的工作可以让别人干，但是多年的习惯和经验让他事无巨细都亲力亲为。

"目前订的是7桌,总共82人,主桌10人,其他桌12人。开餐时间是晚上7点半,在领导发言结束之后,酒水我们自己带,预计会到10点结束。然后主桌10人会住在别墅区,其余同事在晚餐结束后会坐大巴车回去。第二天我们还需要借用一下会议室,10个人左右开个小型的战略研讨会,中午还需要在山庄用餐,然后下午就返程。"汤显维,逐一细致地对了一下具体安排。

夏平自己也检查了一遍,确认无误。不过内心倒是念叨:"这个温厚海还真不放心我们山庄,让人再来核对一遍"。

"这些都没有问题。晚上的事情请放心,我虽然不在,但是丁经理会全程在场协助你。有什么问题可以直接找他。"夏平皱了皱眉头,这个难缠的客户是自己的老同学温厚海,每次都临时安排行程。

"丁经理安排得很周到,只是……"

"没关系,您请说。"夏平敏锐地捕捉到客户有些小抗诉。

"临时有一个小小的请求,丁辉说他做不了主。"

"但说无妨,我们一定尽力满足。"

"想临时增加一桌,因为人数又发生了变化。"

"这样哪,实在有些突然,可是晚上宴会的菜都已经采买了。"

"所以,才特意给您打电话,希望能帮我们协调一下。"虽然隔着电话,也能听出这一句语气里面带着些愧疚。

"好吧,汤总,我想想办法。"夏平经常遇到这样的客户,其实都在他的预料之中,他总是在大型宴会的时候让供应商留足20%左右的弹性空间,不把话说死,加量或减量都有余地。以防止这样的突发状况,所以他并没有过多惊慌,反而镇定自若。

他拨通供应商的电话号码,这个事情对他而言并没有那么棘手,几分钟的通话之后,他不紧不慢地给汤显维回电话。

"汤总,是这样的,我已经安排完了,晚上可以给你们增加一桌,还是之前同样的菜,但是我们要额外多收10%的费用,毕竟是临时调用。"

"这是当然,感谢温总。"电话的那头说了些客套话,就挂了。

夏平干这一行很习惯这样的临时安排,所以他常常做两手准备,他常说,"未雨绸缪是酒店人的应有的专业度"。想到专业度,他眉头一紧,拨通了经理丁辉的电话。

"老板,怎么了?"丁辉接到老板电话,预感不妙。

"晚上宴会,刚才厚海那边人来电话了。"

"是,是,是。"

"他们想多加一桌。"

"对,他们来找过我,我说菜并不够。"

"嗯,供应商老李我打过招呼,一会儿多送一桌菜来。"

"还是老板周全,明白。"丁辉意识到再聊下去,老板该开始讨论工作的失职,并开始训导他未雨绸缪才是酒店人应有的专业度的这套理论,灵机一动,把话题引到另一个频道上,"对了,老板，另外他们客房加了一间，现在是 7 间。"

"又多一个人要住呗？"

"是的，现在是 3 人住在 C 区别墅，7 人住在 A 区的双人间别墅。"

"哼，这个温蛤蟆真抠门，好几十号人参加典礼，就 10 个人留下来住。"温蛤蟆是上学时期夏平给他取的外号。

"谁说不是呢，他们说是因为第二天这 10 个人还要开会，其他人没事就不留他们住。"

"都是人力部门琢磨出来的冠冕堂皇的理由，这你也信？"夏平正想说企业都这副德行，想到自己虽然经营山庄，但也算是企业，就噤口不言。旋即话锋一转，"那个新来的小邱，干得如何？"

"您是说做兼职的那个吗？人倒是比较勤快，就是嘴笨点，不太爱讲话。我空下来多调教他。"

"嗯，好。"夏平没有多说话，心想丁辉你小子还调教别人，别把人给我带坏了。

"老板，说来挺气人，本来小邱说今天早点就能到岗的，谁知道家里出了点事，明天晚上宴会可能赶不上，这么大的宴会，又得我亲自从早盯到晚。"

"你最近比较辛苦，等过两天我好好犒劳下你。"夏平听明白他邀功的意思，顺着话茬摆个胡萝卜，不然这驴都不拉磨。

"谢谢老板，您放心，有我在肯定没问题。"

"好，对了，孔先生最近咋样？"

"孔先生？"丁辉还在回想这是何方神圣。

"就是市局方局的朋友，让你特殊关照一下。"夏平嘴里发出啧啧的反感。

"哦，他呀，挺好的，他在酒店住得可舒服了，我每天都跟在他身后，今天一大早就在尽心尽力地忙活这个事儿，水都没顾得上喝。您一切放心。"

夏平回了个"嗯"，就挂了电话。心想："放心？你小子我要是能放心，就烧高香了。"

转念又想，酒店这行业招人越来越难，现在的年轻人总是想着如何偷懒，已经没有他当初那份酒店人的初心了。

精明的他，只能打着各种各样的算盘，去合理安排人员。

比如这样的度假山庄，工作日其实没什么人，而在周末、节假日和寒暑假会出现人流高峰，增加一些兼职岗位，就可以在平时不养那么多闲人。这样的灵活用人方式能省下一大笔成本。

不过，麻烦就在于有时会遇到一些临时的安排，很突然的那种。

就像这几天夏平接到市里方局长的电话，让他给安排好一位重要的客人，要在他们度假山庄待几天，而恰巧又遇上一个几十人的典礼，人手就略显不足。他自己又因为要新拓展山庄的事，在外地谈判而脱不开身。

眼下，这些事务只能扔给并不信任的丁辉。

第二天，丁辉早早就守在别墅区的门口等候这位重要的客人，而一边还在"烦恼"和"犒劳"两个词之间找着平衡。

多年的"社会经验"倒是让他在安排上得心应手。若想把一个女客人安排好，就是美食、拍照，再加上出乎意料的小礼品。若想把一个男客人安排好，就是抽烟、喝酒，再加上意料之中的小娱乐。

丁辉边摆弄着自己手指甲，边琢磨着自己的小心思："孔先生是个男人，先给他安排一顿酒，再趁着酒兴安排一些对口味的项目，客户一般都比较满意。"

不过这位客户有点麻烦，从昨天到店以来就烟酒不进，酒店的娱乐项目一概不感兴趣，要么就是宅在客房里面，要么就是在温泉里泡一泡。

他最怕摸不清楚脾气的客人，也不知道这位客户是满意还是不满意，总不能自己啥也不做，这样老板肯定会怪罪他。

"早上好，孔先生。"丁辉正想着，突然注意到了这位重要的客人。

"你好。"客人有点刚睡醒的懵懂感。

丁辉仔细看了下孔先生，1.8米左右的身高，身材偏瘦，不像是有长期运动习惯的感觉，更像是营养不良的那种清瘦。他穿着一件十分宽大的毛衣，下身是卡其色的休闲裤，套着一件白羽绒服，头发蓬松，挂着点黑眼圈，整个人看起来有些无神。

"昨晚休息得怎么样？"丁辉用了酒店业惯用的打招呼方式。

"挺好的,山里的晚上特别安静。"

"今天有什么安排呢?"

"还没有。"客人好像并没有理解他的意思。

"不如,我给您安排一些 spa、按摩之类的项目,放松一下?"

"不用了,谢谢。"客人冲他善意地笑了笑。

"那我不打搅您了,不过有个事想提前和您说一下。因为晚上本部礼堂临时要办典礼,有几十人的聚餐,我们厨房可能忙不过来。您看我们给您准备好商务套餐,给您送到客房,行不行?"

"可是,我不喜欢在房间吃东西。"

丁辉转动着自己的小眼睛,思索着这位古怪的客人又在打什么算盘。难道是因为没上项目不太开心?

"丁经理,其实我从来都不吃外卖,我更喜欢吃现做的食物,食物从锅里出来是最有生命力的,半小时内就要吃完,趁着它生命力最旺盛的时候,让它与胃液结合,食物如果凉了就没了灵魂,口感不好。"

"那这样,我们给您安排另一处餐厅?"丁辉完全听不懂他在说什么,只知道这算是摊上麻烦事了,在思索着还有没有可以安排的山庄。

"你误会了,我觉得可以在宴会厅和他们一起吃,一样的菜就行。"

"这怎么行？他们人多且杂，肯定会打扰到您用餐的。"

"没关系，你们可以在角落给我支一桌，我这人比较懒，不想再换地方。"

"那样我们太失礼，夏老板若是知道得责怪我的。"

"我是真的没关系，平时我就喜欢人多热闹的场面，观察人是我的一个小趣味。"

"这？"丁辉观察着客人的眼神，心里琢磨要是他真能接受凑合一晚上，自己倒是省事不少。

"夏老板那边，我自己会去打招呼的，你放心。"

丁辉如释重负，如果客人自己和老板解释，这一切就和他没关系。他换了一种站姿，紧绷的身体一下子松懈不少。

"好吧，那我来安排。"

"有劳了。"

"只是今晚宴会的人多，可能会比较乱。到时候我们可能照顾不周，您多担待。"

"没事，今晚是夏老板熟人要办企业团建？"客人突然发问道。

"是的，晚上有一家公司办周年典礼！"丁辉突然想起来，他们还没有布置会场，这位客人是怎么知道的，"真神奇，您是怎么知道的？"

"凑巧猜对。"

"可您怎么知道是老板熟人要办呢？"

"因为很突然。酒店一般是不接受临时活动预订的,一方面是筹备和采买需要时间,更主要是怕服务跟不上。而能答应的这种,一般就是老板熟人。"

"您确实猜对了,这位客户确实是老板的同学,总是临时要办个活动。"丁辉回想起温厚海不止一次这么干。

"看来确实如此,而且这公司还有点抠。"

"这……您也知道?"

"你看到那边的保洁车了吗?里面有一个筐装的是鲜花,一共是 8 束花,应该是你们每间房每天会准备一束鲜花。而你们有十几间客房,只新开了 7 间客房,几十人的活动,当然是有点抠。"客人指了指不远处的保洁车。

"确实如此。可是,为什么筐里 8 束花就一定是 8 间,万一她提前已经把花放到房间了呢?"

"问得好!这种情况不会发生。因为一般而言,人为了省劲推车路线都是固定且顺着一个方向的。比如从保洁间出来,从一头推向另一头。不会从中间开始,因为容易走回头路,而且需要统计记录哪些打扫,哪些未打扫。这是典型的行为习惯。而现在保洁车的位置正好停在东侧第一间,如果已经放过一些房间,她会停在某一个房间门口。当然有一种情况是她都摆放完,但是我认为也不会,因为我的房间他还没放,如果她都摆放完了会停在我门口。而且她应该不会多准备一束,这样的季节鲜花其实也挺贵的。"

"您是警察？都可以破案了。"丁辉听完他的解释感觉全合理。

"错，我是个侦探，业余的。"

"侦探？咱们国家有这种职业吗？"

"开玩笑的，我是个研究推理的人，有自己的小频道会发点东西。"

"原来您是个名人啊，"丁辉想到一个新潮词汇就脱口而出，"您是网红！"

客人腼腆地笑了笑，没想到什么反驳的词。

"您的频道叫什么？"

"《孔布推理》，有兴趣关注吗？"

"那是一定，我现在就关注，内容就是推理吗？"

"是的，我喜欢自己尝试推理一些网上的公开案件，做着玩。"

"您全职做吗？您来我们山庄难道是查案的吗？我们最近没什么案子啊，就是之前看门的老狗前几天失踪了。"

"并没有，我只是来度假的。"孔布赶紧打断他的联想。

"我也在想，夏老板也不会因为一条狗失踪就找人来调查啊。"

"确实。"

"孔布先生，我平时也喜欢看推理小说，什么福尔摩斯啊，东野圭吾啊，柯南啊。我记得……"

孔布并不想好好一上午就那么尬聊过去，"温泉现在还开吗?"

"现在开了,我带您去。"

"不用不用,谢谢你们的安排。"

确实不用,孔布觉得世上最舒服的事莫过于暖和地瘫着。所以,他要么选择在一个艳阳高照的下午,晒着太阳睡觉,要么选择在一个雪花飘落的夜晚,泡着温泉养神。两者都很舒服,而这次他选择后者。

被朋友推荐,更准确地说是被朋友直接全程安排到这家温泉山庄,这个朋友嘱咐山庄老板夏平一定要好好招待。没想到热情过度,也是让人很难招架。

看着远处一只小鸟停在树枝上,雪还在飘着,他想:"今晚,一定很喧闹。"

04

插曲

晚上，雪很识相地停了。好像它预料到将有一场典礼。

在一片雪地之中，一片中式建筑群落坐落在小山坡上。讲究礼序规制是中式建筑文化精髓所在，从大门进，一进入园，二进穿庭，三进登堂，四水归堂，众星捧月。由外围一直聚焦到中心位置，一切都为了突出中心的地位感。

而温厚海，就坐在正中心的位置，无论在哪儿他都要坐在正中间。

因为小时候他个头儿不高，坐在后排或者旁边总是被挡住，于是他暗下决心，以后不管在哪儿都要坐第一排正中间。靠着多年的打拼，他实现了小时候的夙愿。

此时，他在与宴会厅相通的休息间里面坐着。

一手盘着觉迥上师开过光的手串，闭目养神，预演着接下来上场要说的致辞。

"砰砰"！突然一阵敲门声响起，他依然闭着眼。

"请进。"

"温总。"一位男子走进了房间。他皮鞋擦得锃亮并没有踩出声响，立领白衬衫熨得平整，黑色西装裤压痕明显，与这极简新中式风格的休息间很搭调。

温厚海只用余光扫了一眼，确认是熟人后，就继续闭眼沉浸在自己的预演中，等对方开口，不过这位先生一直没有说话。

"怎么了？"温厚海缓缓抬起头，多年的商场直觉让他感应到气场不对。

"想和您聊两句。"男子语速很慢。

"你说。"温厚海坐直了身体。

男子打起了太极，从最近的工作表现说到了明年公司的战略布局。温厚海听得云里雾里，用坚定的眼神一直盯着男子那飘忽游走的眼神。

"到底有什么事儿？"温厚海放下了手串，伸手去拿茶杯。

"那我就直说了，我想去别的地方锻炼锻炼。"男子拳头攥紧。

温厚海显然捕捉到离职的意思，但这层意思让他十分诧异。不过脸上依然没有多余表情，他不紧不慢地端起茶杯嘬了一口，缓缓说道："我们还是希望你留下。"

"谢谢您的好意，可是我这段时间已经考虑得比较成熟。"

"唐总，公司今年拿下了雅豪集团的大单，你可是功不可没，你还是今年的'厚海之星'，怎么突然要离我们而去，让老哥几个情何以堪?"温厚海黝黑的脸上挤出勉强的微笑。

"我绝对相信公司未来的发展前景,但是与我的个人选择有些不同。"

"这样啊,那你接下来有什么打算?"

"可能,会去创业。"

"老弟,创业风险多高,老哥几个都是从火坑里滚了好几圈才出来的,简直九死一生。"温厚海站了起来。

"明白,但是有些人就是不撞南墙不回头。这座南墙在我面前挡了很久。"

"南墙还是火坑,看来你一定想去见见。"

"是的,我也想用自己的想法去跑一跑。"

"原来是这样,有些鸟儿关不住,羽毛过于鲜艳。"温厚海双手交叉到胸前,似乎领会到了。

"温总,我没别的意思。"

"我知道,可是咱们公司最核心的客户资源可都在你那里,我可舍不得把公司这些宝贝让出去,毕竟还有那么多人张口等饭吃。"

"这您大可放心,我保证不用厚海的客户资源。"

温厚海没有回答,只是眯着眼看着他。

"我可以签一个同业竞争协议。"

"不用不用,我信!"

"那太好了,接下来的手续我找程总办。"

"老弟哪，你看你这一要走，好多回忆涌上心头，"温厚海又坐回了自己位置，跷起了二郎腿，"前年，你帮公司签下中成集团的单子，也费了九牛二虎之力，还动了些手段，帮公司渡过难关，老哥这心里感激不尽啊。不过这中成的孙总也是屁股擦不干净，年初被经侦盯上，还牵扯出一大堆人，公司费了很大功夫才让他们没有查到厚海，说起那件事，简直历历在目。"

"你这是什么意思？"男子身体微微后退了一点。

"放心，咱们多年兄弟，只要有老哥我在，保证没有人敢泄露出去。"

"威胁我，狼果然还是要亮出自己的牙。"

"怎么会？多想了，老弟你一定是多想了。"温厚海突然笑了起来，带动脸上的肉发生不协调的抽搐，"公司一直还缺个副总，我现在精力有点顾不过来，得有人帮帮我。"

温厚海起身拍了拍唐更尧的肩膀。

"行，改天再聊。"

"很好，咱们好久没一起单独吃饭了，就吃你最喜欢的那家私房酸菜鱼，想起他们家就流口水，改天我来安排。"

"我最近吃得比较清淡，那温总，我先出去。"

唐更尧垂头丧气地走出了办公室，他外出创业的想法肯定行不通了，于是望着窗外发呆。

突然他冒出一个想法，要是这家伙死了该有多好！

风浪一过，海面回归了平静。

温厚海看了看表，典礼的时间就要到了。他故意卡着时间走进了旁边的宴会厅，迈着利索的大步在第一排坐下。

坐定之后，他伸了伸脖子，理了理自己新定制的灰色暗格西装，进入备战状态。

他一边用眼神找寻着现场导演，一边用余光扫视着周围的同事，他习惯于观察人，也得意于自己有一套辨人哲学，无论是谁，只要他打量一眼，马上就能知道他的工作状态。

周围零星有些职员已入座，依据典礼规定，男士均着正装，一眼望去黑压压的一片。而这种整齐划一的肃穆感让温厚海非常踏实，他得意于今年公司业绩不错，更骄傲于多年以来渗透的企业文化。

温厚海不由得又向外伸了伸脖子，这是他惯有的放松方式。接着用眼神示意了一下，此刻站在一旁的年轻人立马迈着大步轻盈地走到他身边略弯下腰，把耳朵递给准备发号施令的温厚。

"小汤，可以开始了。"他一字一顿，故意说得很慢。

"好的，温总。"接到指令后，汤显维立马跑到舞台前，和主持人以及后台工作人员示意，准备开始今晚的典礼。

背景音乐起，典礼正式进入序章，按照现有的流程，请各位嘉宾发言，配合一些发布仪式、歌舞节目表演等。当然也少不了"董事长讲话"，这个环节将掀起今晚的高潮。

"下面，让我们有请最敬爱的温总，给我们致辞。掌声有请！"主持人洋溢着激情，积蓄已久的气力迸发而出。

1秒，2秒，温厚海内心数了两声节拍，缓缓起立，调整一下西服领口，向左转身，微笑，举起右手和大家挥了挥手，迈着自己坚实的步伐一步一步地走到了舞台上，接过主持人递给他的话筒，从容站定在舞台正中央位置。

　　这一套动作一气呵成，仿佛是他从小练就的童子功，长在了肌肉记忆里，而收放自如。

　　不知道从什么时候开始，演讲就像吃饭一样，成了温厚海的日常行为，吃饭能从口腔的愉悦开始一直到脑部高潮，而演讲同样也是从一吐为快开始，到整个人飘飘然，兴奋而忘我。

　　"今年的布局是星星之火，明年必当燎原之势！"每当说金句之时，温厚海会战术式停顿，让底下观众开始鼓掌。他总说没有掌声的演讲是没有生命力的，会场的气氛要有技巧地撩动。

　　演讲至最后，他端起工作人员递来的酒杯，"最后我提议，让我们共同举杯，为厚海的辉煌与荣耀干杯！"

　　群体意识在煽动之下果然从火星子变成了烈焰，会场从鸦雀无声的肃穆气氛，变成热闹喧哗的火热节奏，随后整个会场气氛热烈了起来。

　　在火势之下，严顺民端起了自己的酒杯，环顾四周，示意大家要响应他的动作。

　　"来来来，让我们大家一起干杯！"

　　宴席正式开始，整个会场都是觥筹交错、推杯换盏，以及稀稀拉拉的交谈声。主桌因为都是领导，节奏反而要慢一点。

温厚海从台上回到了主桌,也需要和主桌的人逐个碰杯。不过他坐下的第一件事,就是观察坐他左手边的薛展国。

"温总的口才果然一流。"薛展国用力挤出了笑容,脸部的细纹更加明显。

"哪里,我还得跟着老哥多学习。"

"我可是实话实说,每次听完你讲话都是热血澎湃。"薛展国内心谩骂,你个温蛤蟆嘴大就是能说会道,论忽悠数你最厉害。

"哈哈,真是折杀我也。"

"怎么会,来,我敬你一杯。"薛展国在别人的地盘,自己也知道要拜山头。

"薛总,应该我敬你。"温厚海把杯子举得更高,但是碰杯的时候特意更低一截,酒桌上面对再讨厌的人也要讲究这种礼仪。

两人各自喝了一小口,温厚海怕喝多,只是小口,而薛展国像是品味红酒的年份一样,让酒在口中停留了一会儿,才慢慢咽下去,舍不得那么快喝完,喝完后还拿着瓶子端详了一会儿酒瓶上的信息。

温厚海帮忙转动餐桌,"来,薛总,尝尝他们家的花椒鸡,够麻够辣够火爆。"

薛展国夹起一筷子,放到自己的骨碟中,却没想到是块鸡翅,还在琢磨怎么吃,显然不能直接上手。

"别客气。"温厚海示意上位的客人先吃。

薛展国猛然一口咬下去,嘴中感觉只有皮没有肉,很是不甘心。

这时坐在温厚海右手边的程良昌，也帮忙招呼其他人："大家都动筷子吧。"

随后，主桌宴会才慢慢进入节奏之中。

"薛总，上次的事情很抱歉，这次权当赔罪。"温厚海仍然观察着薛展国的表情。他言语中也颇有深意，因为没有特指任何一件事，以便留有余地。

"不提了不提了。"薛展国连忙摆动手，嘴里还嚼着骨头。

"对不住老哥，都在酒里。"说着，温厚海又端起了酒杯，咕咚喝了一大口。

"温总，你这节奏有点快。"薛展国无奈也喝了一大口，发出了啧啧的声音。

"咱们都是多年朋友，酒逢知己千杯少。"诗句常常是下酒的佐料。

"敞亮。"薛展国酒劲一上来，有点头晕。

"一会儿吃好，咱们一起去泡泡温泉，还有些话要和你单聊。"

"期待温总的悄悄话。"薛展国眼球一转，知道今天的正题要开始了。

而温厚海眯着眼，终于不再盯着薛展国，转而享受今天的主场。

05

酒局

每逢酒局，必定有个嗜酒的人专门负责活跃气氛。

"按照咱们的老规矩，我先打个圈。"严顺民端起酒杯，开始自己的表演。

严顺民把眼神从温总挪到旁边座位，望着公司的副总程良昌。"程总，我敬您一杯，明年多照顾照顾我们产品部。"

"放心，温总刚都说了，明年重点战略方向还是产品主导。"程良昌微微一笑，把酒杯端起。

严顺民喝着酒，心想这老狐狸推得倒是干净，全推给温总，他可卡着产品预算没批。顿时有点打消自己喝酒的兴致。

"顺民哥，到我了，我敬您。"旁边一个女同事突然站了起来。

"仙女妹妹的酒，当然是要喝的。"严顺民瞬间喜笑颜开。

"那是，一滴也不许剩下，妹妹的酒肯定甜。"程良昌起哄道，他对自己有点轻浮但巧妙的玩笑颇为得意。

"程总,您想喝,可别着急,一会儿就来。"龚彩云倒是见惯了男人们的这种场面,酒色不分家,公司有酒局的时候总习惯叫上她,不为让她喝,而是拿她找话题。

说着,两个人干掉一杯,旁边人不禁鼓掌,女士在酒桌上的豪迈,总是能激起男人们的兴奋。

"这一杯可不够,再倒一杯,好事还得成双。"龚彩云说着拿着酒瓶,走到了严顺民身边。

严顺民刚才已经喝了不少,下意识身体往后躲。

"我来满上!"龚彩云眼疾手快,直接把酒倒满。

"哈哈,这严顺民,还是斗不过彩云。"看这出闹剧,温总在一旁喜笑颜开。这正是酒桌上最有意思的节目,看一个猛女斗厌男。

程良昌怎会错过这个大好良机,他一直在等温总释放出情绪的窗口,借坡下驴。

"简忆,你咋还没敬温总酒呢?抓紧抓紧。"

"好的,程总。"简忆今天穿着一席黑色灯芯绒礼服,头发重新烫了下,也摘下了大大的镜框,显得整个人成熟不少。虽然对于工作流程得心应手,对于酒桌规矩她还是很不适应,略有惊慌地站了起来。

朝对面坐的龚彩云递过去一个求救信号,龚彩云瞪大眼睛,抿着涂满透亮唇彩的嘴唇对她点了点头。

"完蛋了。"简忆心想,龚总估计只在意她今天的打扮是否合格。

此时要是有个白衣骑士来救救自己就好了,她瞅了瞅桌上旁边的男人。

那个男人今天一席正装,很帅,只是完全没有要出来救场的意思,算了,毕竟只是个同事,简忆深呼了一口气,硬着头皮也要上。

谁让自己今年表现优异必须坐主桌,逃不掉这个无奈的褒奖。和工作不同,酒局对她来说是最大的噩梦,她情愿多加一个周末的班。

不过,和后来发生的事相比,酒局真不算个事。

企业里,会议是用来骂人的,酒局一定是用来捧人的。

"简忆,在今年新人里表现很抢眼啊。"温厚海在酒桌上总是乐呵呵的,和在办公室完全不同。

"那个多谢领导栽培,我先喝了吧!"简忆像是喝最难喝的中药一样,皱着眉头一口气干了。显然味道比她平常爱喝的椰奶拿铁差远了。

温厚海满意地笑了笑。而因为简忆的敬酒,大家都已经忽略严顺民"好事成双"的闹剧。

严顺民瞥了程良昌一眼,一口干掉自己杯中的闷酒,感觉酒有点苦,喝完慢慢地坐下吃菜。心想自己连干两杯,却被人硬生生把全场焦点给抢走了。

"这小姑娘刚毕业,就坐主桌啦,好厉害?"谢让在一旁很好奇地问严顺民,也故意找这位失意的人搭话。

"咱们公司传统呗，每年主桌除了高管们，还会留一个席位给当年荣获'优秀员工'的普通职员。简忆最近在公司很火的。"严顺民挑了挑眉毛，又继续假装专心致志地吃着。

"别着急，还有第二杯呢，"程良昌看简忆想坐下，连忙开始了自己备好的台词，"这酒桌规矩，凡是新人叫作开门见山，要喝三杯。"

"良昌，人家可是小姑娘呢。"温厚海笑眯着眼，可自己却没有坐下。

"好的，程总。那温总我敬您第二杯。"简忆的脸一下就全红了，不知道是酒的原因还是尴尬于刚才自己的退缩。

"你快来给温总倒酒啊，这孩子也没个眼力见儿。"程良昌本想自己给温总倒酒，突然停住，又想到另一个好方案。

简忆快步走过去接过红酒瓶，不习惯大家的注视，想速战速决，但是这个红酒瓶的设计很独特，倒酒的时候很稳，但是瓶身拿起来的时候却很滑，一不留神，红酒就这么洒到了温总的灰西装裤上。

很醒目。

瞬间整桌人都笑了起来，温总也乐呵着补了一句："小姑娘太着急了。"

大家又乐得前俯后仰。

"程总，人家还是孩子呢。"龚彩云斜眼看了程良昌一下。

"我注意我注意。"程良昌假装自己很无辜。

"一姐能喝吗?不行我代你?"龚彩云望着简忆。

"还可以。"简忆憋住了自己的一个酒嗝,点头回应道。

"这就对了,同事开开玩笑,应该大大方方的。简忆还是值得培养的。"温厚海脸上挂着笑。

简忆瞬间又受到鼓舞,连喝了3杯,也不知是酒精作祟,还是如释重负,感觉自己身体都轻盈了许多。

"好!"在座的大家又一阵喧哗、欢呼和鼓掌。

"小汤、谢让,你俩后面排队。"程良昌等大家掌声结束,还继续招呼着其他人。

"各位,我得先插个队。"而在一旁一直没说话、目光如炬的女人站了起来。她嘴角习惯性地微微上扬,把酒杯向温总举起:"温总,我敬你。"

温厚海看着她,自己给自己添了一点酒。他已经注意这个女人很久了,毕竟一个低胸装又颇有姿色的女人很难不让人注意。

"这周羽,可是公司中流砥柱,今年又立了大功!我非常看好!"温厚海主动把酒杯举起。

周羽没有应答,只是嘴角上扬的幅度更大一些,以示自己的谢意,然后慢慢坐了下来,继续用那双勾人的眼睛观察着桌上的情形,像是一个老鹰在观察地面上的小鸡崽们。

"顺民哥,你还没和人家周总喝过呢。"龚彩云从不放过任何机会,这个周羽就是自己在办公室最看不顺眼的人。

"没喝吗?那得喝一个。"严顺民对喝酒这件事从来不拒绝。

"严总,我可没有龚总那么好的酒量,我就意思一下,可以吗?"周羽瞟了一眼龚彩云。

"可以,可以,意思一下就好。"严顺民只在意自己喝够了没。

"下一个到谁啦?"程良昌像一个将军一样,继续排兵布阵。

"我敬温总吧。"到了唐更尧的时候,气氛出现了短暂的凝固,双方话不多,酒也不多,简单来说,就机械性地完成喝酒动作而已。

"将军"程良昌很快察觉出这个异常的小气氛,"小汤跑哪去了?"

"汤导又去舞台那边了。"严顺民用嘴拱了拱舞台的方向。

发现自己兵力不够,程良昌扫视了一下,他发现了一个生力军,"这谢总还没敬酒吧,你可是今天的主力!"

"领导,我是新人,刚到公司,这样我自己吹了这半瓶。"谢让在旁边蓄势已久,他深知自己酒量不行,但是第一次喝就必须拿出该有的魄力。

"好,有魄力!"温厚海很受用。

就这样,主桌像是一个刚被发现的蜂巢,聚集了越来越多的蜜蜂。瞬间围得密不透风,这边是群起攻之,那边是单打独斗,也有主将叫阵,不乏全军突击。气氛走向高潮,有些人的意识开始模糊,常喝酒的人理解这叫"上头",不常喝酒的人感觉这是"醉了"。而一些嗜酒如命的人更兴奋于自己的"状态"。

总之，酒越喝越高，话越聊越多，在汤显维看来，这就是"失控"。

而作为导演，他的专业是要把整个场子控住。

当酒精味已经和空气充分纠缠在一起，全场就只有汤显维还在高度集中注意力，他跑到舞台边去找主持人耳语。

之后，主持人又一次跳上了舞台，用手先试了试话筒的音量，然后开始使劲对着话筒喊着："各位，请回到各自的座位。"

而在场的人都本能地过滤掉这个声音，并没有人回应。

"接下来，到了激动人心的环节，我们将抽取一个大奖。"主持人又提高了音量。

有几个人开始把目光注视向舞台，但仍然乱糟糟一片。

导演汤显维看不下去了，情急之下冲上舞台抢过了话筒，还差点把主持人撞倒。紧接着对着混乱的台下开始喊："大家想不想要大奖？"

"想！"瞬间，群体意识回到了盲从的状态。

"请大家举起自己的手机。注意了，我们同时拨打温总电话，第一个拨通电话的人，就获奖。大家准备好了吗？"

果然这个方法很奏效，喧哗声逐渐变小，很多人都放下酒杯，拿起手机，屏住呼吸等着自己的那张"彩券"。

这个时候，汤显维已经跑到了主桌附近，和温厚海交谈着些什么。

温厚海慢悠悠站了起来，带着醉意每个字都拖得很长，"各位注意咯,我要喊开始了。"

一阵寂静之后,又恢复喧嚣,出现"靠北""我信你个邪""我滴乖乖"等各地方方言。

"是我,是我,我拨通了!哈哈!"人群中,一个平头男人高兴地挥动着手机。

"王哥,这得喝一个。""不吹一瓶不让他领奖。""这运气也太好了。"人群里从来就不缺乏起哄者,反正大家也找不到他们是谁。

一场酒局,就是释放与宣泄。

06

闲人

当聚光灯照在舞台的中央时,边缘的暗影没有人会注意。

所有人的目光都锁定在主桌,失控蔓延,而谁能想到这时候角落里会坐着一个和整个典礼毫不相干的陌生人呢?

孔布一边这样想着,一边饶有兴致地观察着这场宴会。这是他的一种习惯,平时他出行喜欢坐地铁,专门选择站在两节车厢连接处的角落,不用移动,就可以用上帝视角观察到车厢里每一个人。

他老称自己是"角落里的闲人",想着每一个人的过去是什么样,未来是什么样,这是打发时间绝佳的方式。

这时,他就观察到整场典礼的主持人颇为滑稽,不管从身份还是外形上,按道理都应该是舞台的焦点,但是显然不是。

这个人在舞台上反而有点滑稽,一看就是临时被抓来干主持的,企业里这样的无奈有很多。

一个专业的主持，需要保证活动按流程进行，但是又不能被流程禁锢住，毕竟现场状况不断，要懂得随机应变。

孔布喝了一口自己面前的拉弗格威士忌，消毒水味很冲，天知道谁发明了这种酒，更难以置信的是居然有那么多拥趸。孔布喝完后皱了皱眉头。

"孔先生，喝不惯吗？"在一旁观察宴会的丁辉问道。

"确实喝不惯，味道很怪。"孔布边喝边望着杯中琥珀色的酒体，发着呆，"不过喝这种酒能让我想起一个人。"

"孔先生看来也是有故事的人哪。"丁辉看来，酒鬼都是故作深沉的人。

孔布没有回答他，继续又望向了舞台上的主持人，品酒要品前段和余味，品人也是能看外在和内心。

"孔先生，是认识那个主持人吗？"丁辉看他一直望着舞台。

"没有，只是看他有些滑稽。"

"他滑稽吗？"丁辉疑惑的不只是孔布觉得主持人滑稽，更是疑惑孔布咋好意思说人家滑稽。

"你瞧，主持人应该很放松的，但是他比谁都焦虑。"孔布往椅子后稍微靠了靠。

丁辉特意向舞台望了望，在找寻"焦虑"的痕迹。

"不过比他更焦虑的是，旁边那个戴帽子的导演。"孔布头往左边偏了下，示意导演的位置。

"那人是导演啊？"丁辉才注意到这个人，但是因为戴帽子，表情并不明显,"您怎么看出他焦虑的?"

"别忘了我的兴趣,我喜欢猜别人的心理,你注意看他的手和脚。"

丁辉的眼神从导演的面部滑到手臂和脚。

"他双手插兜,而脚一直在很有节奏地抖动。"

"那不是很悠闲吗?"

"这是人的本能迷惑动作,就好像遇到喜欢的女孩,男的喜欢装作若无其事。越是焦虑的时候,人越是喜欢摆出很明显的放松姿势,但是这种太明显的姿势会出卖自己。"

"这太悬乎了吧?"丁辉有些疑惑。

"有些动作是装不出来的,他会不停地喝水,虽然会喝得很从容很慢,但是频次会很高。"

丁辉又望了望,这个导演像是得到指令一样喝了口水,不一会儿又喝了一口。然后,就上演了导演冲上台抢话筒的那一幕。

丁辉心领神会一般,慢慢地把手背到后面去,又看了一眼这位古怪客人,"孔先生,您一定当过警察,是不是审过犯人?"

"我只是感兴趣而已。"孔布又抿了一口那个"消毒水",补了一句,"兴趣的力量很大的。"

快熄灭前的火焰总是最旺的。

在抽奖之后,宴会的气氛依然很热烈,虽然大家知道快结束了。

这一幕剧要接近尾声,孔布感觉也许接下来就该唱《爱拼才会赢》《难忘今宵》之类的结束曲了。

不愿意和散场的人群一起挤着出门，孔布想先行离开座位。

"丁经理，我先回去休息了。"

"好的，孔先生，晚上温泉还开放，如果有需要还可以去泡泡。"

"下午去过了，很舒服，我先回去了。"孔布起身走出了宴会厅。

久坐在宴会厅，孔布走出来才知道天幕已黑。他深吸了口气，从纷杂中出来总是畅快，走过一段石子路，在宴会厅旁边就是一个很宽的瞭望台，用石雕栅栏围住。他想起白天曾经在这个平台上远眺过，突然好奇晚上会是什么样的景象，就朝着栅栏走过去，原来还是可以看到远处，虽然白天下过雪，但夜里其实并没有那么暗，可能是宴会的灯光太耀眼，有一种灯下黑的感觉。

走近栅栏他才发现，原来"逃离宴会"的不光是他，还有一对男女，像是在吵架，而他们并没有注意到孔布，继续着自己的对话。

"为什么还拖着？"是一个女人的声音。

"你急什么，我也在想办法。"男人的声音很熟悉。

"想办法？你都想了多久了，我可等不了。"孔布想起来了，这就是刚才酒桌上那个游刃有余的姑娘，他对这个声音印象很深，带有一点四川的口音，后来才知道她的名字叫龚彩云。而男的倒是一直没听出来是谁。

"这不是急就能解决的事，你说得倒是容易。"男人有点不耐烦。

"你是不是后悔了？如果后悔当初就别开始。"龚彩云提高了音量。

"逼我干什么？"男人的语气也不甘示弱。

孔布暗想，女人其实就是要哄的，非要在气头上讲道理，男人的下场一般都很惨。

"你明明可以……但是……"

"你以为我不想，事情没有你想的那么简单。"

"那你说怎么办？"

晚上有些风，当然孔布也并没有尽力去偷听，中间有些对话并没有听清。只听到对话快结束的时候，两个人从吵架又变成打情骂俏。

"真不要脸！"女人说话里带着娇嗔。

两个人就这样，又相继回到灯火辉煌的宴会厅去了。

孔布会心一笑，心想，难怪言情小说比推理小说有市场，看男女从吵架到打情骂俏比推理小说还要悬疑、还要精彩，自己要不要考虑从推理博主跨界到情感博主呢？

想想也挺有意思，不过自己可驾驭不了，情感可没办法推理，说着用大拇指摸了摸自己古铜色的机械手表，意味深长地叹了口气。

孔布从栅栏边离开，准备径直走回房间，临走望了一眼还在喧哗的典礼，不知道还能持续多久。

宴会厅里面肯定是一片狼藉，散落着酒瓶、纸屑、遗落的耳机、被打碎的杯子、从胃里翻腾而出的消化物……

或许有几个人已经喝醉，或许有几个人因为一年的苦闷抱头痛哭，或许有几个人意犹未尽正相约去哪续摊接着喝，或许……

这时候，还没有人知道一场危险正在逼近。

直到第二天早上，发现第一具尸体。

07

早起

冬天的早晨，霜蒙在窗户上，让世界变得模糊，气温很低，只有被窝是幸福的伊甸园。何况经过一晚上的折腾，大家都睡得很晚，醒得自然也不早。

除了唐更尧，他倒不是因为和温厚海不愉快的经历而睡不着，是他一直都有早起的习惯。

此时的唐更尧，站在别墅区入口处的一棵梧桐树下，穿着深蓝色运动卫衣、黑色压缩裤，配上白底浅蓝鞋面的跑鞋。他看了眼自己的运动腕表，离约定的时间已过5分钟，还只有他一个人在集合地点。

"这帮人果然都起不来。"唐更尧本来对昨天动员的那些同事就不抱什么希望。

"唐总早，久等了吧？"逆着阳光，跑出一个人影。

"居然是简忆，有看到其他人吗？"唐更尧用手挡着阳光，分辨出来了这是那个叫简忆的新人。

"估计还在睡,昨晚大家玩得太晚,散的时候都到凌晨了。"简忆刚从楼上冲下来,还带着一点喘。

"那你怎么起来了?"唐更尧回忆着昨天的情形,每次公司聚会大家都很嗨,像是从日常牢笼中放生出来一样。

"昨天答应了唐总。"简忆低着头,眼神往上望着对方。

"的确,还是你比较靠谱。昨天睡得好吗?"唐更尧也觉得自己问得有些奇怪,引发出一些尴尬。

"还行,不过这边别墅暖气有点不足。昨晚真的好冷。"

"嗯,都是老房子,有气密性不足、门窗漏风的问题。"唐更尧说着向前伸出自己的右腿呈弓步状,而左腿在后绷直,有节奏地下压。

跑步的人都有自己的热身动作,但简忆很少跑步,只能望着他热身,自己不知所措。

"是不是只有我们几个人住在这里?"唐更尧换成了左腿在前,右腿在后,专注感知自己的身体。

"主桌的人都住在这里,其他人昨天都下山了。"

"区别对待,果然是温总的风格。"

"温总说这是厚海的企业文化,排座次,讲席位,要让人不平衡,成为领导或者优秀员工,才能坐主桌住别墅,这样才能不断激励人上进。"简忆不想唐总因为这样的安排而不满,解释其中的缘由。

"温总说这就是公司里的'礼',凡事都要有规矩。他很精于此道。"唐更尧开始高抬腿,发现小姑娘在好奇地盯着自己,"要么,我带你热热身?"

"太棒了!"简忆喜出望外,早就等着这句话。但又觉得自己是不是过于兴奋。

唐更尧喊着口令,让简忆跟着自己做。

"唐总,平时都起那么早吗?"简忆边跟着做动作边问,她不想让谈话结束。

"一般是5点多起床,今天不算早。"

"那么早?可是早起做什么呢?"

"看书或者跑步,早起有一种偷时间的侥幸感。"唐更尧继续喊着口令"换左边"。

"啊哦!"简忆靠着喊叫,缓解自己疏于运动导致的不适,"真应该多向唐总学习,我们太懒了。"

"年轻就该多玩嘛,像我们这种老人才锻炼。"

"唐总,您也就20多岁吧,比我大不了几岁。"

"可不是,你还挺会聊天。"谁都喜欢别人夸自己年轻,唐更尧也不例外。

"我说真的。"简忆想着身边20多岁人的外貌特征,也就和唐更尧差不多。

"好了,咱们开始跑吧,现在是7点15分。"唐更尧对了一下自己的腕表。

很明显,唐更尧放慢了自己的配速,为了让简忆跟得上,对他来说，今天的跑步就像是陪练或散步。

"咱们从这里往下跑。"唐更尧计划着跑步路线，也观察着简忆的呼吸频次。

"好的，没问题，唐总。"

"这条路听说是老板自己修的，只为了与主路连通用，所以一路上没什么车，不过咱们还是稍微注意点安全。"唐更尧边跑着边欣赏沿路的风景。

"挺适合跑步。"

"我看过地图，来回差不多10千米，咱们试试跑个来回，你没问题吧？"唐更尧的心率并没有因为这轻松的运动而提升，所以他说话非常轻松。

"我尽力试试。"简忆的心率就另当别论。

两个人就这样，一路沿着别墅区开始往山下跑，直到简忆慢慢适应了节奏。

"唐总，看您那么专业，应该跑很久了吧？"简忆后悔昨天租了一套不错的晚礼服，但是没有准备一套像样的运动装。

"也不长，3年多。"

"怎么坚持下来的呢？"

"不用坚持，跑步本来就容易上瘾，能分泌大量的内啡肽和多巴胺，让人产生快乐，等渴望多巴胺的时候就又想跑步了。"

"道理都懂，可就是迈不开腿。"女人和聪明的男人在一起的时候都会不自觉地成为一个仰慕者，简忆更明白这个道理。

"年轻人世界太丰富,你们选择多,等岁数大一点就会想运动了,和自己较劲。"

"现在大家都太忙,被手机绑架,就跑步时能扔开手机。"简忆想着自己平时每隔5分钟就要看一眼手机。

"对啊,都太忙,其实我之前就是个经常熬夜、抽烟酗酒的人,那时候年轻,为了事业太拼了。"

"真看不出来。"简忆其实知道唐总辉煌的过去,号称"唐三斤"。每天都在外喝酒,且酒量很大。

"不过那都是过去,我因为酗酒生过一场大病,然后就戒烟戒酒并爱上跑步了。"

"我喜欢生活习惯好的人。"简忆脱口而出。

"你的生活也可以很健康的。"唐更尧回过头看了一眼简忆,但简忆回避了他的眼神。

"那得温总不让我熬夜才行。"

"没办法,他就喜欢这样的企业文化。"唐更尧的表情开始出现了异样。

简忆发现聊到这个话题,容易把天聊死,就转移话题了。

"我记得你好像是学医的?"

"对,我父母都是医生,小时候我没得选,就学医,后来当了医生。"

"真厉害。"

"不过当医生很累的,要上夜班,而且怨气很重,所以我就叛逆了一把,来厚海干销售。"

"优秀,跨界跨得真够远的。"

"其实还好,销售和医生都是吃人脉饭的,在我们国家,一个有名的医生,会有很多资源关系找上门的,我也算是搭了父母的顺风车。"

"你太谦虚了。"

冬天的晨跑是很美妙的开始,气温随着太阳逐渐升起,会越来越暖和,而身体随着同一节奏运动,也越来越适应,内啡肽就这样在体内悄悄地分泌,而整个人心情像海棠花一般徐徐盛开。

不过,很快内啡肽就被肾上腺激素的分泌而抑制,因为他们突然遇到了一辆事故汽车。

"有闻到什么味道没有?"唐更尧突然发问。

"像是焦味。"简忆努力在嗅,气味很浓,很刺鼻。

"去前面拐角看看。"唐更尧有意识地提了提速度。

"好的。"简忆有些吃力,尽力跟上。

不久,两个人来到拐角,映入眼帘的是一辆烧焦的汽车触目惊心。两个人一边把手伸进袖子里捂着鼻子,一边又因为刚停下跑步略有些喘气。

"啊?!"简忆停住了自己的脚步,指着驾驶室的方向大叫起来,然后闭上了眼睛。

唐更尧看了她一眼,确认她没事。警觉地慢慢靠近汽车,想看得更清楚一些。

"是一具尸体。"唐更尧倒吸一口气,确认了自己的判断,开始更细致地察看,因为在医院里长大,他对于尸体没有本能的畏惧。

"那是咱们的车!"简忆离得远,看到了车牌尾号。

"昨晚谁开的车?"唐更尧看了看这款奔驰商务车,也确认了是公司的公务车。

"不会是汤显维吧?!"简忆突然惊恐地叫道。

这具尸体趴在方向盘上,唐更尧也无法辨别。

"那顶帽子,像是显维的。"简忆指了指还没有烧焦的帽子,一顶黑色的棒球帽只剩下帽檐的一部分,所幸装饰花纹是在帽檐上。

"看来是这样了。"唐更尧努力回忆着汤显维昨天的穿着,发现自己并没有太在意,果然女性的视角在关键时候还是会管用的。

"现在怎么办,唐总?"简忆做了做深呼吸,让心情稍微平复一些。

"简忆,把情况告知一下大家,我现在报警。"唐更尧冷静地拿出手机确认自己所处的位置,构思着一会儿怎么和警察描述。

简忆也拿出手机开始操作,过了一会儿说:"唐总,我已经发了,不过都没回复。"

"要不你回去通知一下大家,我在这里等着警察就行。"唐更尧挂了电话,心想还是不要让女孩子停留在案发现场。

"行。"简忆感受到阵阵暖意,眼前这个男人很绅士。可惜人和人之间的距离是个很玄妙的东西,比如他们的距离就始终没办法走得更近。

想到这里,简忆加快了回别墅区的脚步,可感觉路程越来越远,太阳还是那个距离,两旁树总感觉一直没变,简忆总感觉它们也在取笑自己的距离感。

08 侦探

大约 40 分钟后,烧焦的车辆四周围上了一群人。

烧焦的车是一款 7 座的商务车,体型偏大,而从车子的烧焦程度上看肯定不是刚发生的事。

"强哥,看样子是昨晚发生的?"一个 30 岁左右的男子,脸形轮廓很突出,皮肤黝黑,宽阔的胸肌让穿着的黑色高领毛衣贴合在身上。他下身穿着卡其色休闲裤和棕色夹克大衣,双手叉腰,正在望着这辆车。

而另一旁的中年男子,穿着制服,比较纤瘦的身材让制服显得过大,在他的脸上挂着一副圆形的眼镜。

"你要听官方的还是私下的?"强哥的小眼睛转动着。

"官方的。"

"阿 sir,得等化验结果出来。"强哥推了推自己的圆形眼镜,嘴角挂着一丝微笑。

"强哥,别逗我了,那告诉我私下的。"

"私下的我可不负责,时间应该是在今天凌晨 0 点—2 点,从轮胎痕迹上看,应该是误将刹车踩成了油门,全程加速撞向了护栏,偏离山道,而全车翻倒在这 v 字路口的拐弯处,导致汽油泄漏而引发了车体自燃,驾驶员应该当时处于昏迷状态。"

"了解,死者身份还不明确吧?"

"诺,我们已经搜集完死者的毛发,回去做身份的认定。"强哥用下巴指了指旁边的若干个证物袋。

"辛苦了。"男子表达了谢意,然后转身朝向身边一直在记录、穿警官制服的女士,"小白,你之前见过尸体吗?"

"没见过,沙队,我刚到刑侦报到。"女警官个子不高,刘海盖到眉毛,皮肤很白,圆脸,有点婴儿肥,脸上还挂着稚嫩,抬头看了他一眼。

"帮忙问那边技术的哥们儿要一个塑料袋,拿在手上。"中年男人顺手指了指一旁穿制服的警官。

"好的。"女警官顺着手指方向走过去交涉。

中年男人没有等她,自己走进了事故现场,近距离观察起了尸体。

车上主驾驶室有一具烧焦的尸体,尸体趴在方向盘上,面部无法辨认,当然,即使不是趴着估计也难以辨认。

"沙队,等等我!"女警官拿着塑料袋跑了过来。

"慢点。"

没等她回过神，女警官一下就吐了出来。她瞬间明白这个塑料袋是做什么用的。沙队望着她笑了笑，想到自己刚入行也是这样，慢慢就会习惯。

沙队围着尸体转了转，摸着自己微微突出的下巴，感叹道："额，真奇怪。"

"是的，很奇怪的姿势。"这时旁边站着的一个男子突然搭话，这男子高高瘦瘦，皮肤白得有点病态，身上的黑衬衫更显得皮肤白，下身穿着黑色的休闲裤，还披着一件大码的白羽绒服。

"这位兄弟挺早。"沙队长自己并不喜欢穿警服，看这位同事也不喜欢穿，而且看他一副精神很萎靡的样子。

"昨晚没睡好。"黑衬衫并没有看他，只是盯着尸体愣神。

"你刚才说姿势很奇怪？"

"是的，特别不像是一个尸体的姿势。"

"难道尸体还会有标准姿势？"

"嗯，应该是有的。"

沙队长看着他，想不起来他是哪位同事，看来最近警队的新人真多，就比如今天分配给他的小白，他突然想起小白的惨状。

"小白，没事吧？"沙队侧头看了看小白。

"让我缓一缓，缓一缓就好。"小白在一旁拍着自己胸口，喘着粗气。好不容易伸直了腰，但又大叫了起来，"对不起，你是孔布吗？"

"你认识我？"黑衬衫回过头来，原来他就是一大早听说有车祸跑来的孔布，只不过沙队还以为他是某一个同事。

"孔布？哪个部门的？"沙队平时不怎么合群，觉得自己不认识新同事很正常。

"沙队，孔布，就是那个高铁啊。"小白眼睛里很明显地放着光。

"高铁？"

"你忘了啊？之前高铁的案子。"小白说每个词时都很激动。

沙队长搜索着自己的记忆，"你说的是去年的那起'高铁案'？"

"没错，就是他，他就是那个帮助警方破案的网红——孔布。"小白一脸莫名的骄傲感，用手笔直地在孔布面前晃动。

"哦？"沙队长记起来那个轰动一时的"高铁案"，因为高铁上有一位女士中毒，乘警一时找不出凶手，原打算等待当地警方协助，谁知道一位乘客在 15 分钟内就破案了，当时高铁都没到站。《西京都市报》报道的"古有关公温酒斩华雄，今有孔布高铁破奇案"，一下子引起了轰动。

"孔老师好。"小白朝着孔布用劲地行了鞠躬礼。

"你好。"孔布的人生经验告诉他，对于一惊一乍的小女孩要保持警惕。

"我之前看过你的视频和文章，没想到会在这儿遇到你，你是来协助办案的吗？"小白直勾勾地看着他。

"这次不是，我只是路过。"孔布稍微卸下点防备。

沙队长彻底被搞晕了，"你不是我们同事吗？"

"并不是，我只是一个疲劳的路人，恰好也住在山庄里，因为兴趣来现场看看。"

"孔老师，我给你介绍一下吧。"看着这两位陌生人会面，小白自告奋勇地当起了介绍人。

"这位是分局刑事侦查大队的副队长沙志忠，负责这起案子的。"小白指了指身边的沙队长，又指了指孔布，"沙队，这位是推理圈的网红博主孔布，他很红的。"

"公安局已经开始需要网红来破案了吗？"沙队有点不爽，自己在小姑娘前的风头被抢。

更愤慨的是自己屡破奇案，怎么没有这种一炮而红的机会？还愤慨这些媒体往往喜欢博人眼球，警察破案千万是应该，网红破案一宗就封神，这简直是让一些鸡鸣狗盗之辈有机可乘。

"沙队，孔老师不光是红，而且破案很厉害的。"小白有点不服气。

"警官小姐姐，我只是路过。"孔布望了望小白，想退出这场争斗。

"你还不知道我的名字吧？我叫白喜，是你的'怕怕'，今年刚加入刑警大队。"白喜很得意地和孔布说着粉丝圈的暗语，以显示自己身份真实。

粉丝们都会自己创造一些专属语言体系，因为孔布的谐音是"恐怖"，所以孔布的粉丝自称是"怕怕"，每次直播的时候，弹幕都会刷"怕怕,怕怕"。这是只有资深粉丝才知道的。

"你好,白喜。"听见暗语,孔布彻底放松地笑了笑。

这倒是让一旁的沙志忠略显尴尬,这就像是自己攒了个三人饭局,谁知道那两个人是失散多年的好友,自己倒成了多余的。

"谁是现场第一发现人?"沙志忠只想赶紧结束这场"粉丝见面会"。

"是一个叫作简忆的女孩和一个叫唐更尧的男子。"白喜回过了神,查看着自己的笔记。

"人在哪儿?"

"现在应该回别墅区了吧。"

"有必要去找他俩一趟。"沙志忠想到一个摆脱孔布的办法。

"孔老师和我们一起吗?"不过白喜并没有领会到这层意思。

"我正好要回去,能让我搭个顺风车吗?"孔布看了一眼路边的警车。

"当然没问题,走。"说着白喜拉着孔布就往路边走,留下沙志忠一个人落寞。

风不识趣地吹了一阵,沙志忠拉了拉外套,也不知道是身体冷还是心里冷,一脸不快地坐上警车,心想现在的小朋友一点也不尊重前辈,和他入行的时候差距甚大。他刚到局里的时候,每天早上还要给带自己的师傅泡好茶,现在时代真的变了,网红破案,前辈失位。

不行,要把整个局面扭转过来。

想到这里，沙志忠就给自己定下一个目标，一定要在那个破网红面前显露一手专业人士如何破案。

白喜一边握着方向盘驾驶车辆，一边看着后视镜里的孔布，殷切地说："孔老师，能和我们一起调查吗？"

"小白，案件可不能随便让外人调查。"沙志忠抢着回答。

"没事，孔老师也不是外人，是我们警局的顾问，局长还给他颁发过锦旗呢。"白喜又得意地介绍。

"可我是来度假的。"被人夸总是件开心的事，不过孔布也看得出来这里有人并不欢迎他。

"那好，不打扰你度假，真希望能和你一起共事，应该能学习到不少。"白喜露出了一丝惋惜。

沙志忠倒吸一口气，心想这不是应该白喜对他这个前辈说的话吗？怎么对这个也不知道哪来的野生侦探说了。

一路上，白喜和孔布聊着家常，无非是他的喜好，他直播时的趣事，都是些沙志忠听不懂的语言，沙志忠只想早点摆脱这个阴魂不散的黑衬衫。

而又有谁能预料到，这个野生侦探最后却成了他不能离开的人。

09

询问

"尚山去"的早餐厅铺着蓝色的云纹地毯,而桌子从西餐的方桌换成了中餐的圆桌,椅子也用了仿明的官帽椅,中式家居与西式装潢的混搭很灵动。

而昨天的歌舞升平与今日的惨案发生,让厚海文化的一行人内心混搭着复杂的情绪。

"太吓人了,真不敢相信。"龚彩云披着自己的鹅黄色羊绒大衣,虽然比较仓促,但她出门前还是化了淡妆。她面前摆着吃剩一半的牛肉米线。

"唉,太可惜,小哥们才20多岁。"严顺民跟着惋惜,不过胃口倒是挺好,继续吃自己的灌汤包。

"真的是汤显维吗?"谢让感觉自己昨天没休息好,今天早起就全身发冷,他把带来的所有衣服都裹上了,显得像是一个巨大的球形玩偶。他捧着一杯热牛奶,不停地喝。

"嗯，十有八九，不过肯定要等警察那边的最终鉴定吧。"严顺民耷拉着眼皮，眼角还挂着污渍，"我出门时候敲了半天小汤的房门也没人应声，打了好几个电话一直也没人接。"

"受不了，让人全身发麻！"龚彩云用手在自己臂弯上摩挲，不由得打了个冷战。

"其实，我也有点蒙。"说着严顺民伸手想去拍一拍龚彩云。刚放上去，就被她躲开了，还白了自己一眼。

"是唐总和简忆发现的吗？"谢让问道，他没留意严顺民的小动作。

"是的，"严顺民把话题往另一个方向引，"唐总约咱们跑步，可惜咱们都没有起来。"

"一姐呢？"龚彩云问道。

"好像去找山庄的人了。"严顺民随口回应道。

"你们这帮大老爷们，关键时候还得我们一姐挑大梁。"龚彩云想起自己其实也老依靠简忆。

"是是是，咱们国家一向巾帼不让须眉，女子要比男儿强，看足球就知道。"谢让笑了笑，喝了一大口手中的牛奶，奶沫挂在他嘴唇上。

"警察现在在哪儿？"这时，周羽出现在众人的视线中，并拉开了一把椅子。

龚彩云仔细打量着她，周羽穿着一身瑜伽服，头上绑着运动头巾，身材玲珑有致，像是从宣传片走出来的明星。龚彩云于是低头看了看自己微微凸起的腹部赘肉，稍微挺直了身体。

"应该一会儿就会来找我们。"谢让朝四周看了看，"周总，这是刚锻炼完吗？"

"对，刚看到消息。"周羽脸上没有多余的表情，很利落地把外套放到椅子上，"我先去拿吃的。"

严顺民目光随着她的背影而去，感觉气场一下被压制，恍然道："确实女子都比较强。"

"对了，唐总去哪儿了？"龚彩云转动了一下眼珠。

"估计回房间换衣服了。"谢让回忆道，"我刚进来的时候碰到他，他正好吃完。"

"唐总心态真好，看完尸体，还吃得下饭。"龚彩云望了望自己剩下一半的米粉，感叹道。

"据说他之前干过医生。"谢让不紧不慢地说。

"难怪。"龚彩云不知道唐更尧之前的身份。

"你咋啥都知道？"严顺民不由得看了看这位新人，又想起早上的事。

"之前和唐总聊过。"谢让后悔自己嘴有点快。

"老谢，那你知道汤显维怎么死的吗？"严顺民挑了下眉毛。

"不是意外吗？"谢让本就不大的眼睛突然使劲瞪大。

"昨天还是大活人，今天就死了，怎么会是意外？"严顺民说完夹起一片培根，往嘴里送。

"顺民哥哥，你知道？"龚彩云身体往前倾了倾。

严顺民气定神闲地咀嚼着自己嘴里的培根，越嚼越香。

"哎呀，你别卖关子，知道你就快说。"龚彩云伸出手去拽他的衣袖。

"好好好，你先别扯我衣服，我说。"严顺民假意去阻挡龚彩云，脸上却挂着享受的神态。

"你们聊什么呢？"周羽端着一盘玉米、鸡蛋和面包，回到了座位。

"严总说小汤不是意外。"谢让回应道。

"警察效率真高。"周羽用叉子叉起一块可颂。

"不是警察，是严总自己推测的。"龚彩云收回了自己的手。

"怎么是推测？我可有真凭实据。"严顺民放下筷子，音量有点重。

"那说来听听。"周羽嚼着自己的可颂，盘算着下一口应该临幸哪个食物，心想这时候有一个故事来下饭正好。

"有一次我在公司过道听到小汤打电话，他十分惊慌。"严顺民边说边注意大家的眼神，"我隐隐约约听到他说'求你了，再给我两天时间'之类的，也不知道他摊上什么事了。"

"欠钱？"龚彩云听得出奇认真。

"也可能被某个小姑娘缠上了，汤经理长得很精致。"谢让补充道。

严顺民并没有回应他们，事实上他也不知道。

"汤显维是从英国回来的，没准儿他在国外得罪了什么组织，被组织追杀呢?"周羽补充道,"不然他这海归学历,来我们这小公司干啥?"

"啊?"龚彩云不想承认周羽的推测,但是她确实觉得很有道理,"追杀?你说得像是美剧一样。"

"很正常,西方国家比我们想象中还乱。"周羽很淡然。

"乱?"谢让欲言又止,他继续低头玩手机。

另一边,在餐厅门口站着的丁辉,从来都没那么慌乱过,听到他们的议论就更加慌乱。

原本风平浪静的山庄突然出现了那么多事,他现在能做的只有配合好警方,然后等着夏平回来。刚接到老板的电话,说马上就到,此时他还想着如何向老板解释,并如何巧妙地推掉自己的责任。

这时,一辆警车开进了别墅区。

"警官先生好!"丁辉凑上去给警官开车门,"一大早辛苦了。"

"你好,你是这里的负责人?"沙志忠第一个下车,看了眼丁辉的西装工服。

"是的,我是'尚山去'山庄的客房部经理,我叫丁辉。"丁辉突然看到从后排出来的孔布,"孔先生,你怎么也在?"

"顺路,就搭了个顺风车。"孔布朝他狡黠地笑了笑。

丁辉尴尬地回笑,心想这奇怪的人连警察的车也搭。

"丁经理,你知道住在这里的客人简忆和唐更尧在哪里吗?"从驾驶室下来一个圆脸的女警官问道。

"他们应该都在早餐厅用餐呢，我这就带你们过去。"丁辉眼球转了转，"二位警官也还没用餐吧，我来安排。"

"不用客气，我们吃过了。"沙队摆了摆手，其实他只是临走前吃了一片饼干，不过在查案的时候可不能随意接受相关人员的招待。

"那我给二位准备现磨咖啡和鲜榨果汁吧。"丁辉不想放过任何巴结警官的机会，他很清楚别人可能不会顺水推舟，但是落井下石倒是极为容易。

"那谢谢，给我们安排一个私密点的位置，可否？"白喜乐呵呵地应了下来，一大早她都没喝水。

"你放心，包在我身上。"丁辉很满意地领到了自己的任务，先行去安排了。

"孔老师，你也要吃早餐吗？"白喜又邀请孔布。

"好饿，一大早还没来得及吃。"孔布每顿吃得不多，所以很容易饿。

"那我们坐一起吧。"白喜笑嘻嘻地又邀请孔布。

"不妨碍你们吗？"孔布不太懂得拒绝，何况是个热情的"怕怕"。

"当然不妨碍，求之不得。"白喜很开心。

沙志忠倒是很不情愿，不过看着这个餐厅就那么大，也不能拒绝一个要吃早餐的客人。

三个人进了早餐厅，选了一个靠窗户的位置。一位穿休闲装、戴着口罩的服务员来问他们的需求，白喜要了一杯西瓜汁，孔布要了拿铁，沙志忠要了美式咖啡，围着热气，享受片刻的休憩。

而此时，丁辉也领着一个穿运动装的女士走了过来。

"你就是简忆？"邀请女孩入座后，白喜开始询问这位和自己年纪相仿的女孩。

"是的，三位警官。"简忆眼神扫视了一下对面的三个人。

"他不是，我们俩才是。"沙志忠瞟了一眼孔布，一直盘算着怎么支开他。

"两位警官好。"简忆特意看了一眼穿黑衬衫的人，眼神没有那种警察职业的狠劲，还有点随意，确实不像警察。

"你是什么时候发现死者的？"白喜继续发问。

"早上7点半左右。"

"只有你一个人吗？"

"除了我，还有我们公司的同事——唐更尧。"

白喜和沙志忠对视了一眼。

简忆立马明白可能有些误会，补充道："我们本来很多同事约了一起跑步，但只有我们两个人起床了。"

"死者，你认识吗？"

"抱歉，我辨认不出，但是我觉得是汤显维，他是我们厚海文化负责行政的同事。"

"你最后一次见到他是什么时候？"白喜记录着她所提到的

名字。

"昨天晚上的典礼上,他昨天是负责典礼的导演。后来典礼结束后,我们大家聚在一起聊天玩游戏,就没见到汤显维了。"

"原来是导演啊。"孔布回想起昨天晚上戴帽子的那位。

沙志忠本想问孔布,但是忍住了。白喜抢了他的话,"孔老师认识?"

"昨天宴会上见到了,我坐在角落。"孔布在剥自己的第二个水煮蛋。

"原来如此。"白喜又将头转向简忆,"简女士,能告诉我们昨晚宴会的情况吗?因为还不确定死者是不是汤显维,也不确定是不是因为意外,我们先简单了解一下。"

"好的,没问题。昨天的宴会是厚海文化的5周年庆典。汤显维是导演,我也是工作组成员,帮着一起打杂。"简忆谈到自己的工作,发现只能定义为打杂。

"那汤显维有没有什么异常举动?"

"并没有发现,要说有也只是最近他压力大,工作太累了。因为活动临时性的事情很多,比如这个'尚山去',也是临时决定更换到这里的。之前订的地方被取消了,好像是因为被举报了食品安全问题。"

孔布回忆起丁辉确实说过,他们这一波客人是临时决定来的。但是被举报的事,丁辉肯定是不会明说。

"这样确实要新增很多工作,一下子全乱套了。"

"所以也抽调我来帮忙，我主要负责协调座次和人员安排。"

"你的本职工作是什么呢？"

"我虽然也在行政部，不过主职是温厚海先生的秘书。一般是不负责活动筹备的。"

"了解，你继续说。"白喜在自己的记事本上，把职务和人物都记录了下来。

简忆一愣，她好像觉得自己说完了，并没有发现什么有用的线索。

白喜没听到她说话，抬头看了一眼，顿时反应过来，"能给我们介绍一下都有谁凌晨0点—2点这个时间段在山庄里吗？"

"宴会结束后，其他员工都下山了，主桌的人都住在别墅区。"简忆心里默数了一下人数，"应该除了显维之外，还有9个人，8个厚海的，1个外部嘉宾。"

"分别是谁呢？"

"厚海文化的老板温厚海，副总程良昌，我们负责销售的老大唐更尧，负责产品的老大严顺民，负责财务的龚总——龚彩云，负责供应商采购的谢让，负责大客户公关的周羽，还有一个外部嘉宾是'展国文化'的老板薛展国，是我们老板生意上的朋友。"简忆默数了一下是8个，"还有我和汤显维，刚才说了职务。"

"了解，能给我一份大家的联系方式吗？现在大家都在这里吗？"白喜伸长了脖子，看到不远处有一群人在吃早餐。

"好的，我报给你，现在部分在，温总、程总还有薛总没有看到。"简忆也回头看了一眼,接着挨个儿给白喜报了电话。

"好的,谢谢配合,我们可能稍后还会再询问你一些问题,另外请告诉大家暂时都留在别墅区。"

"好的,我会发通知。"简忆点了点头。

"还有一个人。"孔布边用纸巾擦自己嘴边说道。

"啊?"简忆原本已经起身,正准备走,被孔布突然的说法镇住了。

"孔老师,您说昨晚住在这里的还有别人?"白喜检查着自己的笔记,看是否有漏记。

"不是。"

"主桌就10个人,没有了啊。"简忆也非常疑惑。

"我是说还有一个人也很重要,我想问问他的名字。"

"是谁?"

"昨天晚上的主持人,有点不专业的那个。"孔布想起昨晚上主持人的窘境。

"他叫孔坤,是我们行政的一个同事,之前确实没干过主持,有些怯场。"

"麻烦也记一下他的联系方式。"

白喜和简忆都很疑惑,更疑惑的是沙志忠,一个不在这里住的主持人和案件有什么关系?他倒是想到了另外一个容易被忽视的点。

"昨晚在这里的工作人员,我们也应该查一下。"沙志忠摸了摸自己的下巴,这是他在专注思考的时候的惯用手势。

"好的,那谢谢你,简忆。"白喜说着起身和简忆告别,然后侧身问沙志忠,"沙队,要么我们直接问丁经理吧?"

"对,他会很配合的。"

丁辉其实一直在旁边候着,他并没有偷听,只是很不放心。这时白喜过来叫自己,他使劲摆正了自己的领带。

"两位警官好,孔先生好。"丁辉向对面三个人打了声招呼。

沙志忠用手抠了抠左边眉毛的眉峰,感觉怎么听都很别扭。

"咱们店里,昨晚住在别墅区的都有谁啊?"

"有两个人,一个是邱谦,就是刚才给各位点单拿饮品的小伙子,"丁辉顺手指了指旁边站着的服务员,"他是周末在这边值班的,还有一位是负责保洁的阿姨,叫徐春芽,我们叫她春姐。昨晚是他们值班,就住在一进门的员工宿舍里。"

"你不住这里吗?"

"我们在下面还有宿舍,就是宴会厅那一块,除了值班的人我们其他人都住下面。"

白喜用笔在纸上画弄,画了一下山庄大致平面图。

"这位山庄的老板是姓夏吧,他来了吗?"

"他马上会来,不过昨天在外地。"

"好的,丁经理,那昨天有没有发现什么可疑的人?"

"额,"丁辉抬头贼兮兮地望了孔布一眼,他本来想说这个人就很可疑,但是不想多生事端,只能回复"没有"。

"好的，感谢配合。"

"需要询问一下小邱和春姐吗？我帮你们安排。"丁辉起身的时候突然想起来。

"暂时不用，有需要的话我们再麻烦你。"

"不麻烦不麻烦，咱们警民是一家，我一直在这里，随时找我。"

丁辉脸上堆满了笑容，准备起身离开。

"等一下，丁经理。"

"还有什么问题吗？"

"一会儿能带我们去看看监控摄像吗？我进来的时候看大门有摄像头。"

"这个？"丁辉脸上露出了难色。

"怎么，不太方便？"

"不知道什么原因，摄像头从昨天开始就坏了，我们报修了，但是大雪的原因，昨天维修公司没来，应该今天会来，所以昨天记录是空的。"

"什么？居然有这种事？"

"真的很抱歉，谁知道会出这样的事儿。"

"之前也坏过吗？"

"之前确实也坏过，不过很少会坏。"

"事情总不能那么巧合吧？你赶紧让人修好。"

"是是是，说今天就会来修，我去打电话催催。"

丁辉找了个借口，就溜之大吉，他确实打电话去了，也确实早就想离开警察的盘问，谁知道又能盘问出一些什么他疏忽的事情，心虚的人总是害怕执法的人。

"绝不是巧合！"丁辉走后，沙志忠自言自语。

白喜无奈地叹了口气，看着沙志忠，问道："沙队，那我们还去试试调取监控录像吗？"

"嗯，我们再核实一下去。"沙志忠还在想接下来的事儿。

"不用了，它确实坏了。"而那边孔布还很淡然地吃着早餐。

"你早就知道？"

"住在这里的时候，就发现它坏了。我住这儿两天了。"孔布比了一个 2 的手势。

"那你怎么不提醒酒店？"

"提醒了啊，这不是正报修了嘛，不过这就是摄像头的命运。"孔布一大口喝完了手中残留的咖啡。

"什么意思？"

"因为需要它在该坏的时候坏掉啊。"孔布留给他们一个微笑，起身去续第二杯咖啡。

10

闲谈

早餐过后，体内像是重新充满了电一样，充满着热量，阳光也恰如其分地暖和，不过大家却感觉比早起时候更冷。

还围坐在一起的同事们，一个个心里都异常忐忑。

"咱们现在咋办？"谢让打了一个冷战。

"咋办？当然是抓紧回家啊，谁还想待在这破地方，公司的车没了，还有谁开车来了？"严顺民起身站了起来。

"就程总。"龚彩云回忆着进来时看到的车，"不知道薛总有没有开车。"

"酒店应该有车能送我们下山，我找他们问问去。"严顺民说着就朝丁辉的方向走过去。

龚彩云和谢让的目光都随着他行动方向而去。

"估计不会那么快让我们走。"周羽坐在位置上并没有动。

"为什么？"龚彩云皱了皱眉头。

简忆这时候走了过来，说道："大家都在呢。"

"一姐回来啦。"龚彩云一下子紧绷的眉头舒展开了。

"怎么样，简忆，警察没为难你吧？"谢让关切地问道。

"两位警官都挺好的，主要是问一些目击的情况。酒店那边已经安排好了山庄的人来设置路障，保护现场，咱们暂时不用管那里。"

"警察有结论吗？"谢让打探地问道。

"并没有说这些。"简忆回想着。

"那到底是不是意外？"龚彩云有些急迫。

"目前推断是意外造成的。"简忆的语气有些支支吾吾。

"对了，各位一会儿大家不要随意走动，就暂时在别墅区待着，警官可能要单独找我们谈话。"简忆差点忘了最重要的信息。

"啊？"龚彩云嘴巴张得很大。

在一旁的周羽微微一笑，像是告诉大家她的预料很正确。

"太不像话了，酒店也没车。"严顺民骂骂咧咧地走了过来。

"不用费劲，阿 sir 不让我们走。"龚彩云用一只手撑着脑袋，瘫在座位上。

"什么？不让走？难道怀疑我们是凶手？"严顺民带着微微的愤怒。

谢让看了严顺民一眼，显然他刚才都没想到这一条新奇的思路。

"警察的职责就是怀疑。"周羽很轻描淡写地说着每一个字，好像一切和她无关。

"不可能,我们怎么可能杀人呢?"谢让用尴尬的微笑来安慰自己。

"妈呀,就这些警察看谁都不像好人,估计以为我们害死了小汤。"严顺民用手重重地拍向椅背。

"严总,你别多想,这也是警方的办事流程。"简忆解释道。

"谁惹上他们,肯定就是一堆麻烦事。"严顺民的表情变得很不耐烦。

"应该不会耽误多长时间的。"

"咋不会?他们一询问起来,就没完没了,好像不查出点事,绝不善罢甘休。"严顺民气焰更大。

简忆一时间不知道怎么劝这位老愤青。

"行啦,配合点,这都出人命了。"龚彩云在一旁听不下去了。

"好好好。"严顺民没有再搭腔,一拉椅子坐了下来。

"如果不是意外,凶手就有可能在我们之中。"周羽冷不丁地冒出一句话。

"怎么会?这山庄又不是与世隔绝,这里谁都可以来。"龚彩云反驳道。

"话是没错,不过出事的那条路可是山庄独有。"周羽在结尾处用了一个俏皮的音调。

"这是什么意思?"

"说了你也不懂,你问一姐吧。"周羽头歪向了简忆,像是把话筒递给她。

简忆解释道:"确实和周总说的一样,'尚山去'山庄,并不是在进山的主道上,而是自己修了一条支路,在这条支路上又建了几个别墅群,咱们住的是'采薇'别墅区,也是这里最大的。他们还有'鹿鸣''斯干'别墅区,取名都是来自《诗经》,不过不知道其他别墅区有没有住客人。"

"没有。"周羽斩钉截铁。

这时候不光是龚彩云,所有人都疑惑不解地望着周羽。

"你们问问那个丁辉,就知道。这两天只有'采薇'营业着,最近经济形势不好,这种纯度假的酒店可以说很惨淡。"周羽耸了耸肩,双手交叉在胸前。

"乖乖,真的就是我们之中吗?"严顺民摸了摸自己光亮的脑门。

"不对,我记得我好像看到还有一名客人。"谢让眼神朝四周望了望,在寻找什么。

"你是说警察旁边那个吗?像是警方的人。"简忆一直觉得和警察一起吃早餐的孔布,是个身份很特殊的人。

"难道警方那么早就派人来啦?"龚彩云一惊。

众人此刻陷入了沉默,原本一个热闹的典礼,警方很早就派人来监视,谁都不敢想自己所待的这家公司究竟有多少鲜为人知的秘密,难道一切都是冥冥之中注定的?而众人也开始关心起自己的命运。

"那咱们先回房间待命？"谢让看大家不说话，老待在这里也不是事。

"只要在别墅区就行。"简忆还不忘嘱咐大家。

说着大家也纷纷开始起身穿外套，朝着大门的方向走去。

"等一下！"龚彩云突然想起一件事，而停住了脚步。

"怎么了？"谢让耸了耸肩，把衣服拉得更紧。

"你们早上谁看到程总和温总啦？"龚彩云一脸疑惑的表情。

"对啊，咋把他俩给忘了。"严顺民也恍然大悟。

"一姐，你见过他俩吗？"龚彩云把脸凑向简忆，遇到事情她一向习惯问简忆。

"我去敲了门，没有人应我，我以为他俩看到消息就先过来了，后来我就一直在配合警方调查。"简忆说道。

"可能还没起来？"谢让不敢往坏处想。

"不会的，温总也许会很晚醒，但是程总一直有早起的习惯。"龚彩云语气很肯定。

"坏了，他们不会也遇到什么事了吧？"严顺民神色慌张起来。

"你可别吓人，严总。"在一旁的谢让用胳膊顶了顶严顺民。

"不用猜，去看看就知道了。"周羽穿好了自己墨绿色的外套，率先往别墅区走。

11

死者

　　一早上发生的事情让大家都难以接受,谁也不希望再有新的情况出现,也不知道是气温的冷,还是内心紧张,一路上都没有人说话,只听见轻微的喘气和呼吸声。

　　龚彩云,常常因为梦里的事情而困扰,她认为这是女人的一种直觉,往往很准。

　　她一路都在回忆昨天晚上做的那个梦,在梦里她回到了自己生活的故乡,那是一个早上能窥见河边有人洗衣服,中午能望到屋边晒着的腊肉,晚上能发现床边挂蚊帐的水乡。梦里她就在蚊帐里面睡觉,凉席很舒服。风有一些微弱,像是被蚊帐挡住了。

　　梦里,有一个人闯进了屋子,她记不清他的长相,只知道是个中年男人。她也不知哪来的法术,把这个男人变成了一只老鼠,她就变得不那么害怕,谁知道那只老鼠依然到处追着她跑,她就满屋子去求救,满屋子跑,边跑边叫,越叫越大声,但是没有一个人应答,她汗如雨下,慌乱忐忑。

而正如此时,她裹着自己的大羽绒服,细小汗珠从她的粉底间不识趣地渗出。换作其他时候,她一定想着到地方后补补妆,而这天她却全然不顾。

"龚总会不会出事儿啊?"简忆看路程快结束,紧绷的神经稍微放松了一点。

"没事的,可能我们过于担忧了。"龚彩云把自己的手伸过去,抓住了她的手,想安慰一下她,也同时慰藉下自己。

"其实,昨天晚上都怪我。"简忆咬了咬嘴唇,小声地说。

"怪你?"龚彩云放慢了脚步,有意和其他人隔开一点距离。

"本来晚上答应和显维一起撤场收拾的,但是我放他鸽子,跑去和大家玩了。"简忆眼神左右瞟了瞟,看其他人没有注意到自己,她在找机会说出一个更重要的原因。

"多想了,发生这种事情谁也无法预料,这并不怪你。"

"可是,如果那天晚上我和他一起,也许他就不会发生意外。"简忆说着满眼已经通红。

龚彩云打量着这个姑娘,从早上到现在她一直在撑着,而且一直在替代死去汤显维的职场角色,帮大家和警察沟通,组织接下来的事。原来是内心对于汤显维的愧疚。而此刻,这个小姑娘和她在一块,似乎卸下了心防。

"这就是小汤的命。"龚彩云叹了一声气。

"龚总,你说显维可能是被谋杀吗?"

"啊？"龚彩云失声惊叫。

"我就是猜测，因为他做事一直很谨慎，感觉不像是会意外出车祸的人。"

"世事难料，淹死的都是会游泳的人，警官不是也说大有可能是意外嘛。"

"我知道，只是瞎猜。"

"一姐，你可别吓我，谋杀？天哪。"

"但愿其他人都没事。"

"咱们都会好好的。"龚彩云望了望前路，眼睛逐渐模糊了起来。

正说着，众人已走进了别墅区。这一片别墅，一共3排，每一排又有4栋独立别墅，屋顶上的青瓦折射出斑斓的光线，屋脊上的鸱吻高高地翘着尾巴，舍艳求素、弃闹取静，若是往日一定古朴非凡，但是今日却透露着一点凄悲，有种因陌生感而导致的恐惧。

景，会随人心而变。

"咱们分分工吧。"简忆在这个临时部队里面，不情愿地充当了领导角色。

很多时候就是这样，队伍里要么听老大的，要么听老幺的，不然老二和老三谁也不会服谁。

"程总和温总，一个住在东侧，一个住在西侧。我和龚总就住在程总隔壁，我们就去东侧找程总，谢让、严顺民和周羽辛苦一下去西侧找温总,他就住在西侧最里面的那栋。"简忆想着这样的组合。

"好,咱们走,严总、周总。"谢让用手摆出一个"请走"的手势。

"行吧。"严顺民显得有点不满意,他更想自己带着两位女士。

"我不去了,我回我房间有事。"周羽并不像是和人商量,而是告知大家,说完她径直朝着中间这一排别墅走去。

当然这一举动,大家都并不惊讶,虽然大多数人是合群的,但不合群的人经常不合群,群体也就习惯于此。

龚彩云和简忆走进了东侧,程总的别墅在第三排,她们沿着鹅卵石铺的碎石子道路一步一步往前挪动,有默契般地走得不快,走到门口,简忆走上前去,拉了拉古铜色的门把手,里面并没有反应。

简忆回望了一眼龚彩云,开始直接用手使劲拍打着木门,发出"咚咚"的声音,还是没有反应。

"龚总,好像没人。"简忆仍然敲着门。

龚彩云有些惊慌失措,忙拿出手机,给程良昌打电话,可是听筒里面一直是"嘟嘟嘟"的声音。

龚彩云忙走向前去,贴着房门听着,"电话好像在房间里。"

"奇怪,难道程总还在睡觉?"简忆看了下手机,现在已经早上 9 点 10 分了。

"不,程总从来上班不迟到,他每天几乎都第一个到公司。"

"这倒是,昨晚他好像晚上 11 点就回去了。"简忆停止了敲门,"要么咱们在门口等等。"

龚彩云也把手机放回了口袋,"忆姐姐,你们玩到几点?"

"应该是 0 点多一点,就各回各家了。"

"精力旺盛的一群人!"

"龚总很早就睡觉了?"

"我晚上 11 点都睡着了,每天都需要睡美容觉。"

"难怪你的皮肤那么好。"简忆用一种极为羡慕的目光望着龚彩云。

"嗨,我这脸可花了不少钱,熬个夜就全毁了。"龚彩云终于笑了笑,释放了一早上压力,旋即一阵担忧又涌上心头。"不过我做了一个很奇怪的噩梦,梦里我被一只老鼠追着跑,到处找不到人帮我。今天早上就得知了这些糟心事,太可怕了!"

"老鼠?龚总,你说程总不会出啥事吧?"简忆又担忧起来。

龚彩云没有应答,开始继续敲门。

"程总!程总!"简忆也跟着边敲门边叫。

"程良昌!你倒是出个声啊!程良昌!"龚彩云开始提高音量,并铆足了劲儿砸门。

而这时,一个黑色身影从背后蹿了出来。

"干吗呢?"一个男人的声音响起。

"啊!"简忆突然惊恐地叫道,龚彩云也跟着缩成一团。

"作啥妖,吓我一跳!"男人也下意识地微微后退。

"原来是程总，程总早。"简忆定了定神。

"你怎么走路不出声啊。"龚彩云拍着自己胸口。

"你俩大早上鬼鬼祟祟地在我房间门口做什么？"程良昌皱着眉头。

"程总，我们以为你出事了，所以来看看。"简忆解释道。

"胡闹，我能出什么事？"

"你是不是不知道昨晚发生了什么？"简忆好像意识到什么。

"怎么了？"程良昌也疑惑起来。

"程总，你起床没看手机？"龚彩云这时才仔细打量了一下这个男人，头发乱蓬蓬的，身上穿着宽松卫衣和羽绒服，下身穿着牛仔裤，手上也并没有拿着手机，她想起刚才屋子里的手机声。

"手机昨晚忘记充电，早上起床后，我就把手机放房间充电，我出门吃早餐去了，还在院子里散了散步，这边环境不错。"

"难怪！"龚彩云恍然大悟。

"我还奇怪，人都去哪儿了，餐厅、院子一个人影都没有。"

"程总，接下来的事，你要有个心理准备。"简忆开始和程良昌汇报这一早上的经过，毕竟是和领导交谈，她还特意组织了一下语言。

"那么突然吗？昨天还好好的。"

"是啊，我们也很惊讶。"

"温总知道这个事儿吗？他怎么说？"程良昌突然整个人都

死者　087

警觉了起来。

"严总他们去找温总了,还没消息,咱们要么一起过去吧?"简忆也担心另外一边。

"行,抓紧去。等我拿一下手机。"程良昌说着进屋拿手机。

三个人从西侧向东侧走去,程良昌大步走在前面,两个女孩跟在后面。此时阳光已经把世界照得足够明亮。

"温总都不知道这个事儿吧?"路上,程良昌还是很不放心。

"应该不知道,他在群里都没有回复。"简忆小心翼翼地回答道。

"你们应该第一时间通知温总的,请领导指示。"程良昌摊了摊手。

"对对对,但是我们一上午都吓傻了。"

"胡闹,危急事件要第一时间报备。"

简忆低着头,并不敢搭话。

"昨天温总几点回房间的?"

"不知道,我记得他凌晨1点还发信息问我,他的西服外套在哪儿,他找不到了。"

"我记得在宴会厅里,拿给他了吗?"

"当时我回复'领导,请放心,已拿',后来我让汤显维回宴会厅去拿。"

"拿到了吗?"

"程总,显维后来出了事。"简忆只想说她没办法和显维求证了。

"胡闹,显维的不幸是一回事,但你应该早上赶紧先把西服拿来。"

简忆突然感觉到自己要闯祸,万一一会儿温总问起来该如何应答。

"你们啊,做事滴汤漏水,什么时候才能成长!"说着他看了一眼龚彩云。

三个人的脚步越走越快,程良昌是着急,简忆是希望时间过得快一点,不然还要继续被训,龚彩云是追着他俩。

一直沉默的龚彩云,又想到那一个可怕的梦,一个男子像是要害自己,即使变成了老鼠之后,依然追着自己到处跑,而自己很无助地呼喊,却看不到任何一个人能帮她。

转眼进入东侧,一进拐角,就发现一群人聚在门口,傻愣愣的。

程良昌有一种不祥的预感,他快速走到门口,而在临到门口的那几步又极其的慢。

他使劲地深吸了几口气,又提了提自己的裤子。但即使做着这样充足的心理准备,他依然被震慑住了。眼前的这幅景象,足以让他几天几夜都在梦魇之中。

在偌大房间的天花板上,吊着一个体型矮小干瘦的尸体。

是温厚海!

12

房间

温厚海的房间，很快被封锁住。

他的房间带院子，进门首先看到的是带草坪的院子，随后就是一个带万字格栅的推拉门。

此时的推拉门已经被推开，地上有一个倒放的凳子，尸体就悬在门的正中间，比两侧挂着的红灯笼还要显眼。死者穿着白衬衫、西装裤，脚是光着的，皮鞋摆放在一边非常整齐。

这一切显得很有礼序，特别像是某种宗教仪式。

绕开尸体，进入房间，床面平整，酒店上等的鸭绒被让人有一种想躺上去的欲望。旁边的衣柜放着行李箱，上面的置物架整齐地摆放着一些个人用品。

"真邪门，一晚上出现了两个死者，一个是意外，一个是自杀？"白喜抱怨道。

"原来你是这么认为的？"沙志忠摸着自己的下巴，"技术的同事什么时候到呢？"

"很快了，他们离开没多久。"白喜看了一眼刚才打电话的时间。

"小白，其实还不能下定论，等技术那边的最终结论吧。"沙志忠的经验告诉他，不要太急于下结论，等尸检报告出来之后再说，能减少一些不必要的怀疑。

"沙队觉得不是自杀吗？"白喜用手插在腰上。

"不大可能是。"沙志忠朝她得意地微笑了下。

"为什么？"

沙志忠用手示意了一下白喜，意思是到另一旁来，白喜跟了过去。

沙志忠稍微压低了一些音量说："有三点，第一，时机不对，你想想一个公司的老板，怎么可能会选在自己公司周年典礼后自杀呢？明明是一个欢庆骄傲的时刻，他自杀的动机是什么？他的家庭还是事业出现了什么问题吗？即使出现问题为什么在典礼之后自杀呢？接下来是第二点，地点不对，假设真有动机，那么为什么偏偏选择这么一个地点，自杀一般都是有规划的，激情自杀比较少。如果死者是精心选择这样一个地点，这对他来说有什么意义呢？事业出现问题选择在办公室里服毒，家庭出现问题选择在自己家的浴缸里割腕，这些都很合理。选择在一个山庄？很奇怪。第三点，就是人物不对，温厚海这人能弄那么浮夸的典礼，还请竞争对手参加，可见多么狂妄自大，这种人怎么可能自杀？打死我都不信。"

"哇！沙队，看一眼就能知道那么多！"白喜的嘴张开成一个O形,"果然是前辈,大神。"

"有吗?这都很基础。"沙志忠嘴上虽然如此回应,但是还是很享受白喜崇拜的眼神。

"我要跟着你好好学习。"

"你还年轻,再过几年你也可以的。"

"我努力。"

"不过,这些只是我的怀疑,一切等验尸结果出来就知道了。"沙志忠本来还想解释一下验尸结果出来的几种可能性,不过他又克制了自己,看目前的气氛显然不需要,学海无涯,留着以后再教给这个新人吧。

"你的推测肯定没问题,接下来咱们怎么办,沙队?"白喜的干劲一下被提了起来。

"先不用告诉大家,我们就当作一起自杀案来询问一下目击者。"

"好的,明白,免得打草惊蛇。"白喜朝沙志忠眨了下左眼。

沙志忠欣慰地点了点头,"谁是第一发现人呢?"

"死者温厚海公司的职员们。"

"就是门口的那群人吗?"沙志忠望向了门口,站着4个人。

"是的,都在外头。"白喜递给了他一个肯定的眼神。

"正好,该和他们聊聊了,没准儿有新的发现。"

沙志忠此时也充满了干劲,因为那个讨厌的野生侦探终于不跟着他们了。他可以放开手展示他的刑侦才能,给这个新人上上课了。

让她知道不要盲目地崇拜什么炒作出来的网红，还是要向自己一线的老前辈看齐，凭真才实干在这条道路上奋力奔跑的，才应该是真正的网红。

想到这里，沙志忠抖了抖自己的夹克，像是临上战场之前的磨枪。

"需要私密一点的地方吗？我已经安排好了。"丁辉笑盈盈地站在门口，看到两位警官朝他走了过来。最好的服务不是满足客户提出的需求，而是能在客户开口之前，就已经安排好了一切。

"切，哪儿都少不了他。"沙志忠心想，他对这位服务很周到的人倒是说不上讨厌，只是自己还在因为没有监控录像的麻烦而迁怒于他，并不想领这份人情。

"谢谢丁经理。"白喜很开心地应了下来。

两个人随着丁辉移步到了另一处别墅的客厅中。客厅很宽，正好有一个条案桌，之前摆的花类装饰品已经被丁辉撤走，而准备好了椅子，两边各放两把，桌上也备好了热茶。

不得不说，这是十分合适的临时询问室。

"这间房没有客人住，两位随时可以用，这把钥匙给两位。"丁辉说着把钥匙放在桌上，自己离开了房间。

白喜朝沙志忠笑了笑，马上进入工作状态。她开始邀请第一位相关人进来。

"你好，谢先生，打扰几分钟。"沙志忠询问道，而白喜展开了笔记本，随时准备记录。

"好的，两位警官客气了。有什么需要帮忙的，我一定尽全力配合。"大家还在犹豫谁先第一个被询问，谢让就直接自告奋勇了。

"你是第一个发现尸体的吗？"

"是的，还有我的同事——严顺民。"

"大概时间呢？"

"预计在早上9点左右吧。"随后谢让介绍了简忆如何安排人员，于是他和严顺民一组来到了温厚海的房间，关于现场他直言完全没有动，只是在门口等着其他人。

"你在厚海文化是负责采购的？"白喜翻开了之前简忆提供的信息。

"警官真厉害！那么短时间就调查清楚了。没错，我就是负责采购的。"

沙志忠撇了撇嘴，对于这一套油腔滑调有点不适。

"谢先生，你尽量简要回答就好。"沙志忠咳嗽了一声。

"好。"谢让尴尬地笑了笑。

"你与死者是什么关系呢？"

"你问哪位死者？"

沙志忠才反应过来，之前还有车祸的案子，不过都问问也显得不那么唐突，"那一位一位说。"

"虽然都是我的同事，不过我和汤显维汤经理和温总都接触不多，我刚来公司不久。"

"你和他们关系如何?你觉得他们人咋样?"

"你也了解,职场里的关系说近也近,说不近也不近,就拿我说,虽然朝夕相处,但是除了工作之外,对于同事完全不了解。就我的感觉,汤经理是海归,话不多,做事很认真。温总嘛,很有人格魅力,我从来没见过那么厉害的领导,工作上兢兢业业,听说他是白手起家的,对待我们也很少有领导架子,和我们都像是兄弟姐妹一样。"

"对于他们的死有什么看法?"

"当然是很意外,这发生得太突然了。关于温总为什么自杀,汤经理为什么出车祸,我毫无头绪。"

"是这样啊。"沙志忠换了一个角度提问,"那你有没有发现公司最近有可疑的事儿?"

谢让思索了一会儿,皱着眉头说:"有倒是有,不知道该不该说。"

"有就必须说。"白喜特意加重了语气。

"其实不是我觉得可疑,是严顺民严总觉得可疑,他早上的时候和我们分享了一件怪事,他说他曾经听到汤经理接到威胁电话,汤经理在电话里说'放过我吧',所以我们早上讨论来着,汤经理是不是仇杀,毕竟国外有什么黑社会。"

"黑社会?"

"汤经理在国外生活了挺长时间,刚回国,我们怀疑他摊上什么事了。"

"你们背地里都这么议论同事?"沙志忠撇了撇嘴。

"没有,只是关心,大家一起讨论讨论。"

"关于温总呢,如果他不是自杀,谁最有嫌疑?"

"温总不是自杀吗?"

"我们只是猜测。"沙志忠始终盯着他的眼睛。

"我刚来不久,如果在公司内部的话,我也不知道该不该说。"

"说说看。"

"我也是听说,说公司最开始的合伙人签过一个防退出的协议,如果对方自愿或者因不可抗力离开公司,股权要平均分给其他合伙人。"

"公司有几个合伙人?"

"两个,温厚海和程良昌。"

"这么说,你怀疑程良昌?"

"你可别冤枉我,我什么都没说。"谢让低着的头突然抬了起来。

沙志忠看了一眼白喜,点了点头,意思是他已经问完了,当然更主要的是他觉得已经得到了有效的信息。

"谢先生,那你先回去,谢谢配合。"白喜起身送了谢让出门,这是很默契的分工,她负责记录和传唤,而沙志忠负责问讯,这是跟着前辈做事的一种礼貌。

13

危机

第二个走进来的是严顺民。

他进来后,四周环顾了一圈,发现只有两位警官在,安心地坐到了位置上,随后跷起二郎腿。

"两位警官好,是要调查两起案件吗?"

"对,你有什么线索吗?"

"那你们可问对人了。"严顺民转动着自己浑圆的小眼睛。

"哦?"沙志忠身体往前倾了倾。

"我提供线索,有线人费吗?"

"严先生,你现在是协助办案,作为嫌疑人之一。"沙志忠敲了敲眼前的桌子。

"我怎么还成嫌疑人了?算了,我不说了。"严顺民一直对嫌疑人的说法很反感。

"请你配合我们,"白喜突然脸色沉了下来,"你现在可以不说,我们也会在合适的时候请你去警局协助办案,到时候可就耽误你时间了。"

严顺民往后一靠,双手在胸前交叉,从嘴角里挤出一句:"我当然配合,我从小就是三好学生。"

"那咱们开始吧。听说你知道汤显维可能是被谋杀的?"

"这你们都掌握了?"严顺民眉毛往上扬了扬,"谢让告诉你们的吧?"

"这线索是否属实?"

"千真万确,就在不久前,"严顺民有些不甘心自己功劳被抢,"而且,我不光听到,我还发现汤显维最近下班都很早,周末也不加班。"

"这有什么问题?"

"这很反常,他之前一直是个工作狂,全公司下班时间都被他人为延长了,以前我们公司晚上6点下班,汤显维这小子一个人老干到晚上10点多,领导总表扬他,弄得我们也不好意思太早走。我是优秀员工,这都无所谓,其他人牢骚很多。"

"那最近他下班早?"

"这一个月,他到点就下班,应该就是接了那通电话以后。凭我多年的经验,肯定有人要找他麻烦,他一下班就躲起来。"严顺民故意压低了音量。

"不用加个人的猜测,你描述事实就行。还有其他发现吗?"

"还有的话……"严顺民努力思考着,看还有什么能震惊警察的，可惜已经没有了。

"温厚海呢？最近有没有什么奇怪举动？"

"有，必须有。"严顺民从汤显维的事情里跳了出来，十分兴奋地说，"我知道是谁害死了温总。"

"你说温总是被人害死的？"

"一定是，而且那人就在这里。"

"谁？"沙志忠和白喜不约而同地问道，都屏住了呼吸。

严顺民将头往左侧了侧，又往右侧了侧。

"你快说！"沙志忠有点不耐烦了。

"领导，我说话不用负什么刑事责任吧，我只是猜测而已。"

"不用，你说就行。"沙志忠提醒道。

"薛——展——国！"严顺民用手反挡着嘴，说的时候一字一顿，说完后头往下狠狠点了点。

"就是你们战略合作公司的老板？"沙志忠看了一眼资料。

"哪呀？合作个屁。"严顺民轻蔑地说道。

"注意你的言辞。"

严顺民换了一个脚跷二郎腿，"这个薛展国确实不是个东西，抄袭我们的方案和产品，仗着自己公司早成立几年，就把市场吃完了。"

"你们倒有意思，和人家死对头，典礼还请人家。"

"传统文化嘛，得讲个礼，私底下互相骂娘，台面上但求体面。"

"那他有什么动机？"

"别着急，让我把话说完。今年前不久薛展国最大的客户'雅豪集团'被我们老板温总抢了过来，展图一下子得损失一半的生意。哈哈，这一仗温总打得那叫漂亮啊！大快人心哪，唐总可立下了汗马功劳，你们是不知道啊，在我们这个行当里面，谁能搞定雅豪，谁就是市场的一哥了，想着雅豪看上我们，那肯定也是喜欢我们的产品，今年啊，我把王牌商务礼品——'酒仰'做了升级……"

"等下，严先生，你就说薛展国为什么参加典礼。"

"那肯定是蓄谋已久的，他杀了温总，然后伪装成了温总自杀。商场上的尔虞我诈，这都是很正常的。"

"这么说你怀疑薛总？"

"没错，而且告诉二位，我还有一个决定性的证据。"严顺民眼神突然一亮。

"什么证据？"

严顺民又把身体往前靠了靠，左看了看，右看了看。

"行了，快说吧。"沙志忠有些不耐烦了，虽说是见过一些自我表现欲很强的人，但眼下这位让人哭笑不得。

"我昨天晚上在别墅区闲逛，看到薛总和温总在一块，应该是他们刚泡完温泉回来。"

"你怎么推断的？"白喜和沙志忠都提高了注意力。

"我去温泉的时候碰到了，这不重要，重要的是我听到他们在吵架，非常反常。"

"再好的朋友有时候也会发生口角，何况他们还是对手。"

"这，二位就有所不知，你们是不了解温总，这老温是只出了名的笑面虎，很温和，很少和人吵架。"

"他们在吵什么？"

"没听清，似乎是薛总没有同意温总的什么合作。"

"明白，严先生，耳朵总是很灵。"

严顺民露出了孩童般的微笑，"路过路过。"

"还有别的线索吗？"

"暂时就想到两个。"

白喜默契地觉得这次对话将要结束，在自己笔记上写下"严顺民：汤——近一个月下班早，温——薛展国"。然后，和严顺民道别。

严顺民像是完成了自己的舞台表演，背着手，迈着小步朝门口走去。

"你该不会在跟踪他们吧，严先生？"沙志忠突然在他背后发出疑问。

"我可真没有，只是凑巧路过。"严顺民转过身来，那张俏皮的脸上现出了苦闷。

"没事儿，你先回吧。"沙志忠得意地笑了笑。

白喜也愣住了，瞪着大眼睛看着这位前辈。

严顺民看没有继续盘问他，悄悄地走了出去，没有一丝脚步声，就像一只潜行的猫。

龚彩云走进来的时候,整个房间充满了淡淡的紫罗兰香水味,使沙志忠不由得皱了皱鼻子。看到她轻轻地抚平自己的羽绒服,坐了下去。

"你好,龚女士。"沙志忠和她打了声招呼。

"两位警官好,有什么我能配合的吗?"龚彩云说话的时候有些支支吾吾,腮红盖不住慌张的神色。

"别紧张,龚女士,我们只是例行询问而已。"白喜安慰道。

"明白,两位警官问吧。"龚彩云深呼了一口气。

"你对这两起案件有什么看法?或者有没有可疑的点?"沙志忠进入自己的节奏中。

"暂时没有。"

"那有没有觉得两位死者最近的言行有奇怪的地方?"

"老严,就是严顺民,之前说汤显维接到过一个电话。"

"这个严先生他本人说过了。"

"那抱歉,我和汤显维私下接触不多。不过他这个人挺怪的,回国一直住酒店,也没租房子。还说自己习惯住酒店。"

"可能习惯不同,听说他工作一直很努力,经常加班。"

"是的,他进入公司以来一直很努力,总是被老板当众表扬。当然干行政的,你们也知道,杂活比较多。"

"最近他加班还多吗?"

"这倒是没什么印象,因为我到点就下班。"龚彩云有些羞怯。

"那温厚海呢?最近言行举止有什么反常吗?"

龚彩云想了一会儿，说道："他一直很反常。"

"此话怎讲？"

"这个嘛，老板总是让人猜不透的，如果老板都能让我们觉得正常，他就不是老板了。"

"具体点，有没有印象深刻的事例？"

"他总是做出一些奇怪的决策，也从不给我们解释，就在上周，明知道账面上没钱，非要提前去垫付客户的合同款。"龚彩云想到自己财务的身份，经常要和老板叫板。

"这个倒是，老板都喜欢一意孤行。"

"还有这次典礼也很反常，突然就要办典礼，还选在这么个偏僻的地方。"

沙志忠眼神突然闪烁了一下，"你说，这场典礼？"

"对啊，典礼。你说他的自杀仪式，会不会就是典礼的一部分啊？"龚彩云也瞪大了眼睛，"天哪，我都发现了什么？"

"冷静点，侦破案件是我们的事情，你不用瞎猜。"沙志忠并不相信女性的第六感这一套，"典礼为什么选在这里呢？"

"还不是因为山庄的老板是温总的一个老同学。"

"照顾老同学生意，也算厚道。"

"也不完全是，因为山庄的夏老板同意我们赊账，我们最近账面上现金也不多，财务有些危机。"龚彩云羞愧地望了望对面的人，苦笑道，"本来这都是商业机密，不方便告诉你们的。"

"难怪。"沙志忠得到了自己的答案。

"还有觉得奇怪的吗?"

"没有了。"走的时候,龚彩云在门口停了一下,稍微回了一下侧脸,不过什么也没说,径直走了。

这一幕让沙志忠对这个女人印象更深。

白喜没有注意到,她认真地记下"龚彩云:温——自杀,公司财务危机"。

14 礼物

最后,程良昌也走了进来,还没有等沙志忠和白喜反应,他就来了一个下马威。

"你们警察的效率太低了。"程良昌把双手交叉在胸前,"只会一个劲儿盘问我们这些遵纪守法的普通市民,你们倒是去追查凶手啊。"

"我们正是在走侦查流程。"沙志忠盯着他。

"哼,别把时间浪费在我们身上,我们都是同事,要凶手真是我们,何必等到今天。"

"这么说你觉得他们都是被谋杀?"

"我可没说,不过我了解你们那一套把戏。"程良昌想说警察都喜欢诈话,但是这话不能明说。

"那好,你最后一次见到死者是什么时候?"

"昨天晚上宴会的时候,宴会结束我和其他同事小聚了一下,然后回屋睡觉了，我们互相可以作证。"

白喜翻了翻之前的记录，确实如此。和沙志忠点了点头。

"那你最近有没有发现什么可疑的事情呢？"

"有，温总收到了一件礼物。"程良昌说这个很平淡。

"礼物？"

说着，程良昌从自己的包里取出了一信封一样的东西，递了过去。

沙志忠接过仔细端详了一下，又递给白喜，这是一张类似贺卡的对折卡片，纸张并没有很特殊，字迹是印刷体，而正面赫然写着"To 温厚海"，打开后，正文写着"欢迎参加温厚海先生的葬礼，冬季的雪地之中"，落款写着"X"。

"死亡通知单？"白喜发出了一声轻叹。

"起初我们以为是恶作剧，没太在意。"程良昌将两手手指交叉在一起，摆在桌上，起初的盛气凌人有些消散。

"你们有怀疑的人吗？"沙志忠趁机开始挖信息。

"不瞒你们说，我们讨论了一圈，猜想这个 X 代表着什么。"

"有结论了吗？"

"我们怀疑是薛展国，这也是我们请薛总来的原因。"程良昌说话的时候眼睛眨动很慢，"之前有一点误会，我们抢了他公司的大单，他怀恨在心，而且他的姓氏首字母就是 X。"

"了解，还有没有其他有嫌疑的人呢？"

"其他没有，我们温总平时对这帮兄弟都很好。"

"程总,你跟了温总很多年了,一直感情很好?"

"你们什么意思?"程良昌冷笑了一下,"温总死了对我能有什么好处?"

"听说厚海文化有一份合伙人防退出的协议吧?"

程良昌目光不再是之前那样迸发攻击性,苦笑道:"你们从哪儿听说的?"

"我们有我们的渠道。"

"确实,我和他是发小,而且这小子小时候还是我的跟班,他为了劝我和他一起创业,就拟订了这份防退出的协议。不过当时公司只有负债,还得我出钱还债,股权根本不值钱。"

"所以,公司现在业绩蒸蒸日上,股权就非常值钱。"

"国内经济形势好,不可同日而语,现在公司倒是还值点钱。"

"金钱的诱惑向来很大。"

"哈哈,"程良昌突然笑了一声,"我十分清楚你们在想什么,不过你们太小看我了。你们觉得凭我的位置,需要等到今天吗?"

"的确,你应该是温总身边走得最近的人。"

"胡闹,别浪费时间了,你们抓紧去查真相吧。"程良昌说着起身,"我再多说一句话,别打扰我的家人,剩下的你们随便查。我本人就在这儿配合你们。"

说完,程良昌径直走了出去。留给二人的只是木门空隙间的摩擦声。

白喜增加了一条记录，"程良昌：温——薛展国。（自身嫌疑未洗清）"。

沙志忠稍有些疲倦，双手绕后枕着后脑勺，顺着椅背往后靠，全身的力气都放在背上。

本以为是个极为简单的案件，想带着新人来一场实地教学，谁知道诸多因素又让案件变得扑朔迷离，他不由得吐出一句："真费劲。"

这时，沙志忠电话突然响了，一个沙志忠期待已久的电话。

"喂，方局好。"拿起电话的时候沙志忠不自觉地坐正了身体。

"志忠啊，'尚山去'的情况很特殊，我看到你发的案情简报了。"电话那边是一个熟悉的声音。

"确实如此，方局。"

"组织上很关注，给你的压力也不小。"

"没问题，我一定尽快破案。只是这边山地空旷，又刚下完雪，搜证有一定难度。"

"你小子又哭穷，行，我给你准备了一份礼物，人一会儿就到。"

"太谢谢方局了。"沙志忠得意于自己的案情简报起到了作用，会哭的孩子有奶喝。

"辛苦你了，志忠。"电话那头挂断了。

沙志忠朝小白使了一个眼色，"搞定了。"

"还是沙队厉害，不然靠我们，也不知道要忙到什么时候。"小白竖起了一个大拇指。

"看来今天上午收获不小。"沙志忠看了一下白喜记录的文件。

"沙队，我觉得我们可以顺着这几个黄金纽扣慢慢梳理。"

"黄金纽扣？"

"对啊，我们老师教过，刑侦最关键的就是在复杂的案情里面找出几个黄金纽扣，然后通过解开这几个黄金纽扣，所有的真相就能浮现出来，就能找到真正的凶手。"

"你们老师挺有意思，不过实践起来没那么简单。"沙志忠想着自己刚踏上刑警的岗位，也是经历了从理论到实践的过程。

"4个人都问讯完了？"沙队慢慢找到了自己的状态，露出了久违的微笑。

"是的，其他人暂时不在这里。"

"还差一位。"突然门口传来了一个声音。

"啊，又是你！"沙志忠的下巴都快掉了下来，因为从门口走进来了正是孔布。

"你们别忘了我也是昨晚住在山庄的客人。我也需要录口供。"孔布脸上挂着笑容。

"那请坐吧，孔老师。"白喜又见到了孔布，自然是欢喜。

"好的，咱们开始，我先自我介绍。"孔布一下就夺回了主场权，"我叫孔布，自由职业，前天入住酒店的采薇别墅区，来的时候只有我一名客人。"

"孔老师，有发现可疑的事情或人吗？"白喜原本只是例行公事。

"有的。"

"啊？！"白喜和沙志忠都发出惊叹。谁也没想到孔布居然有线索。

"怎么了？谁让你们之前没问我，昨天晚上的时候，我撞见了一对男女吵架。"孔布眯着眼睛，随后将自己发现龚彩云的事儿叙述了一遍。

"孔老师，这个线索很关键，我们再去问问龚彩云？"

"不急，目前还不是时候。"

"十分正确，谢谢孔先生，你可以走了。"沙志忠连忙站起身，准备轰走孔布。

"好。"孔布也站起身准备走，眼睛里突然投射出一道光芒，"还有一件事得告诉你们。"

"什么事？"

"你们接到方局电话了吗？"

"是的，怎么了？"沙志忠本能的警惕感让他全身肌肉都紧了起来。

"那个，我就是那个礼物。"孔布露出自己治愈的笑容，摸了摸自己的脖子。

"什么鬼？你就是礼物？"沙志忠感觉椅子的靠力突然消失似的，身体反射式往前倾。

"是这样的，我和方局说了一下这边情况，他希望我一起加入侦破小组。我正好有点感兴趣，就答应了。"

"哇哦，太好了，终于有机会向孔老师学习啦。"白喜忍不住轻轻鼓掌。

"这么说，都是你和方局汇报的？"沙志忠咬得后槽牙"吱吱"作响。

"凑巧，他知道我在这里，问了我现场的情况。"

"二位警官，"孔布说，"现在我们就是拍档了。那么，如果可以的话，请先让我熟悉一下案件的进展。"

白喜抓住这个难得的机会，绘声绘色地给孔布讲起他们之前的盘问结果，对每个人的表情和神态都一五一十地介绍。对照着她记录下的笔记，孔布认真地听着，还不时地给予肯定。

"你看过现场了吗，孔老师？"白喜关切地问道。

"看过了。"

"有什么结论吗？刚刚沙队已经推测出……"白喜正想和孔布交换信息。

"等下，小白，先听听孔老师的高见嘛。"沙志忠打断了小白，他可不想把自己的成果与人分享，而且留着后手较为妥当，先看看对方的信息筹码。

"我并没什么结论，倒是有个疑惑。"

"快说来听听。"沙志忠迫不及待地想听听他的疑惑，然后再帮他解答。这样他的面子又都赚回来了。

"我疑惑，为什么凶手要制造出那么明显的'伪装自杀现场'？"

"这句话太绕了，我有点晕。"

"就是凶手明明知道这个自杀很假，但是还有意为之。要么凶手是个纯菜鸟，要么凶手就是要挑战我们，当然也可能这背后还有另一套无法解释的逻辑。"

"挑战我们？哼，他敢！"沙志忠不以为意。

"而且，如果这样的话，那么会不会汤显维的意外也有问题？"白喜也发出了疑问。

"真的是意外吗？哈哈，没准儿是另外一个挑战书。"孔布的眼神里面跳跃出了兴奋。

15

遗漏

"那我们要不要再去车祸现场看看？"白喜提出了疑问。

"一会儿就去，不过你们还有人没询问呢。"孔布用手指点了点自己突出的颧骨。

"你是说昨天在这里住的人吧？"白喜拿着笔记本翻看着，"昨天在这里入住的一共11个人，有两位是死者，算上孔老师我们一共询问了6个人，现在还差3位，分别是负责大客户公关的周羽、负责销售的唐更尧，还有他们的客人薛展国，这个薛展国很有嫌疑。"

"不是，还差2位。"孔布伸出了自己修长的手指。

"我没算错啊。"白喜还在翻自己的记录。

"还有这边的酒店员工，应该叫小邱和春姐。"孔布回忆着并不复杂的昵称，全名有些记不住，"我记得丁经理说，他们也住在这边别墅区的宿舍，就是那个门口的物业用房。"

"他们也有嫌疑吗？"

"我不知道，只不过线索经常是藏在无关紧要的人身上的。"

"也有道理的。"沙志忠也有几个小疑问想问问。

"那我马上让丁经理去叫一下他们。"白喜接着走到门外去找丁辉。

"好的，我们在这儿等你。"

孔布拖了一个椅子，没有和他们并排坐，只是坐在了另一侧。只剩下沙志忠和孔布的时候，屋内的气氛格外尴尬。

"孔先生认识方局？"沙志忠朝孔布递了一句话。

"认识，之前协助调查的时候认识的，他老给我的视频点赞。"

"那看来方局很认可你。"

"聊得来而已，有机会还想邀请他上我的频道呢。"

"他答应了吗？"沙志忠可不想让这小子巴结上领导。

"他说不合适。"

"那太好了。"沙志忠长舒一口气。

"好？"

"我的意思是说，方局他是公职人员，不适合出镜。"沙志忠尴尬地解释道。

"没关系，会有机会的。"孔布的笑容倒是很自信。

"好消息，"白喜踱着小碎步进来了，"他俩就在附近马上就到。"

"太好了！"沙志忠心想解救尴尬气氛的人终于回来了。

过了一会儿，一个剃了圆寸头、戴着口罩的男人走了进来，走路还有点高低脚，整个人都很不出众，走在大街上估计也不容易被人认出。

"你就是邱谦？"白喜直接开门见山。

"是的。"男人带着很浓厚的方言口音。

"能摘下口罩吗？"

"嗯，可以的。"邱谦摘了口罩，露出一张黝黑的脸，不过眼神倒是很清澈。他的脸上痘痕很多，而且左脸颊有一颗大大的黑痣，十分显眼。

"俺们酒店有规定，服务人员都得戴这个。"邱谦补充了一句，把口罩放在了一边，与桌沿对齐。

"你昨晚住在这里吗？"

"是的，俺是酒店临时工，周末住在这里，也在这边做事。"

"你主要做什么？"

"啥都做，在餐厅帮忙传菜，晚上值班，客房有问题也得去。"

白喜想起了早上在餐厅，也是邱谦负责点餐。

"来这边多久了？"

"刚来一个月。"

"那昨晚到今天有没有发现什么可疑的人或者事？"

"可疑？"

"就是奇怪的人。"

"客人的事情，俺们不打听的，俺们做好自己的事情就可以了。"

遗漏

"好吧。"白喜发现问不出来什么。

"要说奇怪的东西,俺这里倒是有一个。"

"什么东西?"

"俺在路上捡到一个小核桃,怪好看的。"

"拿来看看。"白喜接过了"核桃",看完递给了沙志忠和孔布,孔布解释说这是一颗金刚菩提子,常用来穿成手串。

"你们山庄有人带手串吗?"白喜问道。

"手串?没有,俺们这有规定不能戴首饰。"说着,邱谦比了比自己的手腕和脖子,意思他都是干净的。

"好的,我没别的问题了。"白喜说完示意旁边两位男士。

"小邱,平时周一到周五做什么呢?"孔布笑嘻嘻地问道。

"俺在城里面送外卖。"邱谦自豪地补充道,"写字楼附近单多。"

"如果有休息时间会干吗呢?"

"看书,俺喜欢看金庸。"邱谦有些不自然的羞愧。

沙志忠鄙夷地看了他一眼,显然觉得这个网红太外行了,净问一些无关紧要的事情。

"好的,谢谢你,小邱。"

邱谦如释重负,还是有些高低脚地走了出去。

接下来进来的人是一个很敦实的女人,50岁左右,和邱谦一样穿着酒店统一的公装,只不过她这件明显更旧一点。

"我叫徐春芽,大家都叫我春姐。"徐春芽的热情劲儿很容易感染其他人,她进来之后主动就摘掉了口罩。

"春姐好，您平时负责什么工作？"

"主要是打扫房间，收拾屋子，还有清洗布草。"

"你昨天打扫过死者温厚海的，也就是3108房间吗？"

"是的，开夜床的时候，大概在18:00打扫过。"

"春姐，在这边干了多久了？"

"我干了一年了，山庄成立的时候我就在这儿啦。你晓得不。"

"昨晚有没有听到什么动静？"

"没有啊，我睡得可好了。我这人睡得沉，挨枕头就着，你晓得不。"

"最近有没有发现什么可疑的人？"

"我觉得丁经理可疑，老是鬼鬼祟祟的，上次还扣了我工资。你晓得不。"

"春姐，不是问这个，是问和本次案情有关的。"白喜感觉出来她的口头禅是"你晓得不"。

"那敢情是没有。"

"我感觉小邱人怎么样？"孔布在旁边发问。

"小伙儿踏实，干活可认真细致了，就是长得不咋好，可惜啊。"春姐眼皮低垂着。

"老板人呢？"

"夏老板也挺厚道的，照顾我们这些人，听说夏老板还特意照顾同乡，小邱就是因为是他的同乡才招进来的。你晓得不。"

孔布和白喜示意了一下，意思他没有别的问题了。

白喜撇了撇嘴,感觉也问不出什么有价值的信息,准备和春姐告别。

"我能问个问题吗?"春姐眼球转了转。

"请说。"

"这位警官,你今年多大啊?"春姐笑嘻嘻地看着沙志忠。

"我吗?29。"沙志忠一下被问蒙了。

"太好了,有对象不?"

"春姐,这些事我们稍后再聊,现在办案呢。"白喜帮着沙志忠解围,领着春姐往外走。

"哎呀,我最喜欢当警察的啦,我姑娘今年25,大学生,长得可水灵啦,你晓得不。"

春姐终于被拉走了,白喜看着这位前辈偷笑啊。

"笑什么?"

"沙队这次还能一举两得,替您高兴。"

"别瞎说,认真办案。"沙志忠也只好苦笑。

"警察确实是个不错的职业。"孔布在一旁若有所思。

"福利多。"白喜乐道。

三个人的相处也逐渐融洽了起来,就好像一堆湿漉漉的木材很难点燃,这时候需要的不是猛火,而是先放在阳光下,等待时间把水分晒干。

干柴遇上烈火,自然就燃。

16

倒霉

周羽,无论在哪儿都会成为焦点。

"听说每个人都必须来?"这个女人从进来开始就自带强大的气场,她把外套轻轻地搭在椅子靠背上,坐在椅子上,跷起二郎腿,身体自然地后靠。

"哇,你是?"白喜内心不断赞叹姐姐身材真好。

"我也是嫌疑人之一,厚海文化的,我叫周羽,周瑜的周,关羽的羽。"周羽虽然是回答白喜的问题,但是却看着孔布。

"我叫孔布,孔明的孔,吕布的布。"孔布看对方望着自己,也相应地进行了自我介绍。

"我认识你,大侦探,看过你的直播频道。"周羽笑了笑。

孔布羞涩地笑了笑,而沙志忠暗念这小子女粉丝倒是不少。

"周女士,我们并没有把你们设为嫌疑人,只是相关人,现在案情还不清晰。"沙志忠解释道。

"没关系，都是一个意思。"周羽回过头望着这位女警官，又看了看沙志忠，"这位是这里的领导咯？贵姓？"

"我姓沙，叫我沙志忠就好。"沙志忠回应道。他仔细看了一下周羽，淡淡的妆容而不显得造作，细长的眉毛，睫毛上翘的幅度与眼角上扬的角度恰到好处，微笑的时候脸上有一道浅浅的梨涡，这真是个面容姣好的女人啊！不由得内心惊叹。

"沙队是我们刑侦的副队长。"白喜补充道。

"了解，小妹妹你叫什么名字？"

"我叫白喜，大家都叫我小白。"

"好的，那么有什么要问的，你们就问吧。"

沙志忠才晃过神来，这位姐姐太可怕，短短几分钟就把这里变成了她的主场。他定了定神，开始固定环节，"周女士，是想问你关于死者温厚海先生的自杀行为，有没有觉得可疑的地方？"

"明摆着被人害了，一个好端端的老板怎么会自杀？"

"那你觉得谁有犯罪动机呢？"

"杀老板还需要动机吗？你不想杀你老板吗？"周羽递给他一个难以琢磨的眼神。

"我没有老板，只有领导。"沙志忠被这个问题一下问住了。

"的确如此，一个压迫员工的老板早被员工诅咒过无数遍。"孔布倒是被周羽的回答逗乐了。

"还是咱们大侦探懂行。"

"这么说，你觉得公司的人都有动机？包括你自己？"沙志忠一下抓住了重点，想夺回聊天的主动权。

周羽歪着头看了他一眼，沙志忠防御般往回缩了缩。

"当然是，不过我们都是长期动机，但是有一个人短期动机更大。"

"谁？"

"你们见过唐更尧吗？"

"还没有。"

"那给你们一个友情提示，算是我的见面礼。"周羽的二郎腿优雅地进行了一次左右脚互换，"你们重点问问唐总吧，以他的性格绝对什么都会告诉你。不过我并不觉得是他做的，只不过你们非要说动机，我觉得他动机最大。"

"好的，谢谢你。"

"没什么事我就先出去了，有什么需要的话再找我，这是我的名片，各位可以随时找到我。"周羽从自己纯皮质暗压花的名片夹里拿出了三张名片，分别放在三个人的面前。在放到沙志忠面前的时候，特意轻轻地和他说了一句："记得打给我。"

孔布特意看了一眼沙志忠的神态，那种既有惊喜又有尴尬，还带着一点愤愤不平的错杂感。

"再送你们一个线索吧，别相信程良昌的鬼话。"说完，周羽起身穿起外套。

"好的，谢谢。"沙志忠感觉自己才是被问讯的人。

说着，周羽带着独有的步伐走了出去。

"真是个厉害的女人哪。"沙志忠感叹道。

"沙警官,问你一个问题。"孔布突然严肃起来。

"你想问什么?"

"如果要选一个人一起吃午餐,你选春姐女儿还是这位周羽呢?"

"啊?"沙志忠差点把刚才喝进去的果汁吐出来。

"扑哧!"白喜被孔布这种突然的严肃逗乐了。

沙志忠感觉一个早上信息量有点大,原先案件的紧张情绪被释放了一些,而再一瞥眼前这个笑嘻嘻的黑衬衫,他难道有一颗大心脏?

"我刚才联系了简忆,说唐更尧一会儿就能来。"白喜刚才一直在用手机联系,这时也看到简忆的回复信息。

"太好了,厚海的人一次性都到齐了。"孔布打了一个响指。

"我知道你们一定会找我。"唐更尧进来的时候并没有第一时间坐下,两只手握拳支撑在桌子上,以让整个身体呈现趴着的姿态。

"唐先生,请坐。"

"你们就直说吧,我嫌疑最大,是吧?"他扫视着在座的三个人,太阳穴暴起了青筋,像一个丛林中正在巡视自己领地的狮子。

"你有什么需要告诉我们的吗?"

"因为最希望温厚海死的人确实是我。"唐更尧讲起了自己要离职创业而被温厚海拒绝的事情,也说自己有把柄被温厚海控制着，当然也掩盖了部分见不得光的事实，毕竟对方是警察，可不能随便说。

"能告诉我们一下你昨晚到今天的行程吗？"

"昨晚大家都在严顺民房间喝酒玩游戏，有我、简忆、严顺民、谢让、周羽、龚彩云、程良昌，一共7个人。龚彩云大概晚上10点就回去了，我和程良昌、周羽大概晚上11点离开的，其余三个人据说是没过多久也结束了。"

"之后你去了哪里？"

"当然是回房间洗漱，然后睡觉，第二天我还要跑步。"

"有没有人可以证明呢？"

"我想并没有吧。"

"好的，第二天早晨，是你和简忆女士一起发现的车祸现场？"

"是的，我们一起跑步时发现的，随后我报了警，在现场等着警方来。"

"时间大概是几点？"

"早上7点半左右发现尸体，然后早上8点左右警方到场的。"

"之后一直没有看到你。"

"我们这种早上习惯运动的人，一般会很饿，就先回酒店吃早餐，餐厅的服务员可以做证，然后我就回酒店洗澡，坐着休息。"

白喜看了看他的穿着确实比早上那几位显得更讲究，笔挺的正装配厚实的羊毛大衣，在这个身材紧致的男人身上，格外合适。而衡量男人注不注重自己形象，只看一头一脚，皮鞋刚擦过鞋油，而头发是喷过啫喱打理过的。

"你什么时候知道温厚海遇害的呢？"

"刚刚不久，我看到同事发的消息，而且简忆给我打了电话。"

"原来如此。"

"我想你们可以再深入调查，而不是寻找我谈话中的漏洞，我只能告诉你们我没有做。"

"很理解你的心情，我们会调查清楚。"

"我可不想我回公司后，同事用看杀人凶手的眼神望着我。"

"介意必要的时候，我们搜查你的房间吗？"

"当然没问题，我随时欢迎。"唐更尧每个字都说得很用力。

说完，唐更尧也离开了这个小问讯房间。

房间又只剩下这三个人。

"只剩下嫌疑最大的薛展国了，厚海的人咱们都领教过了，这个公司还真是藏龙卧虎。"沙志忠转着桌子上的笔，"这个薛展国一直是失踪状态吗？"

"是的，程良昌给了我电话号码，但是电话一直没有人接。"白喜晃了晃自己的手机。

"可能在房间里吗？"

"有可能，不过刚才问简忆的时候，她说她敲过房门一直没有人回应。"白喜摊了摊手。

"那一会儿再说,这举动确实很有嫌疑。"

"但凡住在这里的人都是嫌疑人。"孔布一边观察着之前那颗菩提珠一边说。

"真是麻烦,刚来刑侦,就遇到那么棘手的案子。"白喜用手撑住了自己圆乎乎的脸蛋。

"对你可是锻炼的好机会。"沙志忠本来还想说,好好跟着学习,但是看了眼孔布又没有说出口。

"案件越复杂,才越有意思。"孔布抿了抿嘴。

"而且我们确实够倒霉的,摄像头坏掉,每个人又都有嫌疑。"白喜想起了侦破的难度,确实在现在的案件中只要是被摄像头覆盖,调取监控就能侦破90%的案件。

"你还不是最倒霉的。"

"那谁是?"

"我们现在就去见他。"孔布起身穿起自己的白羽绒服,做出了跟我走的手势。

室外暖阳已初现,悄悄抚慰着大地。

"我绝对是最倒霉的人。"夏平一直重复着这句话,在茶室里踱步。

丁辉站在一旁,双手交叉放在前面,左手的大拇指和右手的大拇指玩着互相碰不到的游戏。该交代的他已经都交代完了,不该交代的老板暂时还没发现。

"哎,这个温蛤蟆,每次都给我惹事,怎么这次居然还死了。"夏平眼角边挂着一滴不易发现的泪珠,倔强地不想落下。

"小丁,该配合的我们都配合了吗?"他皱了皱鼻子,说道。

"老板,您放心,出了这样的事情我们酒店绝对没有责任。"丁辉想到这件事的时候,想着摄像头坏了不属于安保事故,只能算是监控有问题,而且出事的人确实是在酒店外出事的。

"没责任?谁还敢住死过人的酒店。干酒店的总是那么倒霉。"

"我……这就去和媒体朋友们打声招呼。"

"我早打过电话了,不过纸总是包不住火的。现在社交网络那么发达。"

"那老板,您说应该怎么办?"

"等吧,等大家都慢慢忘了这件事。"夏平望了望天花板,突然想起一件事,"警官现在在哪儿?"

"您放心,我都安排好了,给他们一个独立的地方问讯相关人员。"

"我应该去拜会一下他们。这样,就让他们来茶室吧。"

"好的,我来安排。"

丁辉的安排,也是孔布的预期,所以不一会儿三个人就出现在夏平的茶室里。

17

喝茶

夏平用职业酒店人的微笑迎接着三位，并一一握手。

"这是我们山庄自己种的草莓，给三位准备了一盒。"夏平用手示意了一下桌子上的三盒包装得像精美工艺品的草莓，"一会儿请带走。"

"我们不能收，夏老板。"沙志忠拒绝得很干脆，不管任何时候收别人东西都是一件麻烦事，何况他讨厌吃那种汁水容易沾到衣服上的食物。

"没关系，只是吃的而已，那一会儿让春姐洗了给你们端来。"夏平其实知道他们不会收，只不过他特意摆出来给三位看一眼，再吩咐人去洗，这样一个礼品的高端感就显现出来了。

"那谢谢夏老板，咱们谈正事吧。"

"招待不周。"夏老板脸上一直堆满着笑容，这边嘱咐着丁辉去沏一壶上好的正山小种。

"听说你认识死者温厚海先生？"

"这个温……温总啊，我们之前是高中同学。"夏平本想说温蛤蟆，脸上又浮现出悲伤的神色。

"关于温厚海，之前你有发现什么异样吗？"

"这倒是没有，他这次办典礼也是临时来的，本来也不想答应他的，但是最近经济大形势不好，大家都不出来度假，想着还是做他这一单吧。"

"因为厚海文化不结款吗？"

"一分钱也看不到，前后都有合同未付款小一百万了。"

"这么多？你也真心大。"

"都是一个村子里出来的，又是同学，我当然是选择相信他的。"

"那如果不还呢？"

"不还？我……"正当夏平的话呼之欲出时，丁辉从门外走进视线里，他托着茶壶给大家倒茶，夏平有了犹豫的时间，重新组织了一下语言，"也只能去寻求法律手段了。"

这一系列的反应被沙志忠捕捉到，瞄着丁辉走出了茶室，他突然话锋一转，"是不是如果实在不还钱，也要采取一些非正当手段？"

"沙警官，可不能这么说，温厚海死了对我一点好处也没有，他死了最大受益者是程良昌。"夏平的额头渗出了细细的汗珠。

"没有没有，我们只是问问，别紧张。"沙志忠虽然微笑，依然目光如炬。

孔布也在旁边笑了笑,说道:"这茶不错,好香哇。"

夏平赶忙也招呼:"大家尝尝这茶,我托朋友包了茶山的一片茶园,这些都是直接从茶园采摘的,你们趁热喝。"

"夏老板,除了生意上的合作,你和温先生平时会单独吃饭吗?"沙志忠换了一个谈话角度,也缓和了一下气氛。

"会的,我们平时都太忙,但偶尔还是要聚一下。"夏平举起茶喝了一口,"不过我们都会叫上程良昌,就是他们公司的副总。"

"为什么?"

"他也是我们一个村子的,他和温厚海是发小,论年龄还大我们几岁。只是上学那会儿我并不认识程良昌。"

"原来如此,怪不得他们成了合伙人呢。"

"搭伙做生意讲究一个信任,找自己同乡靠谱一些。"

"最近一次见面时间呢?"

"这段日子我老去外地看新的山庄选址地,要说最近见面的话,"夏平思索了一会儿,"那应该是我婚礼的时候。"

"你才结婚?"白喜打量了一下眼前这个男人,虽然酒店人常年西装革履,但稍高的发际线,眼角的法令纹,微微隆起的肚腩,都在出卖他近40岁的年纪。

"不可以吗?我结婚比较晚,但是我媳妇很年轻,小我10岁。"夏平抿了抿嘴唇。

"是最近吗?"

"今年的2月,他和程良昌一起来的。我是在老家摆的酒席。"

"他们哥俩关系如何呢?"

"一直都挺好的,程良昌是出了名的情商高,他可能对温总有不满,但是表面都是和和气气的。"

"都是合伙人,会有不满吗?"

"如果是我,也会。毕竟小时候温厚海是程良昌的跟班,现在突然身份互换了,他程良昌要唯温厚海马首是瞻,心里肯定有所芥蒂。"

"你对程先生评价如何?"

"他那样的人是不会甘心屈服于人的,他野心很大。"

"何以见得?"

"之前在我婚礼的时候,我印象很深。"夏平犹豫了一下,没有继续说。

"怎么了?夏先生。"

"没什么,只是不知道和这次案件有没有关联。其实说了也没什么大不了的。"夏平清了清嗓子开始他的故事,"和大多数传统的中国人一样,我人生少数风光的时刻,就是婚礼。那天真风光,场面很热闹,来了许多朋友。在我们家那边越热闹越好,最好是锣鼓喧天,人声鼎沸。席间大家都喝了很多酒,然后又去闹洞房,我记得还有个比较害羞的伴娘,好像是可儿的朋友,因为之前伴娘有事临时过来顶替的,把人家小姑娘都吓到了,说来还有点扫兴。不瞒你们说,我们老家规矩闹洞房是闹伴娘,也是越热闹越好,不过他们也有点离谱,闹归闹,风俗归风俗,也顾忌点别人感受,扯远了。闹洞房的时候,程良昌不知收敛,温厚海也有点肆意妄为,两个人好像是说到什么生养的话题,程良昌说了一句'他养活了半个厚海文化',我观察到温厚海的脸都绿了。唉,人在酒劲的作用下总会做出一些出格的举动。"

"程良昌不是合伙人吗?这句话虽不太合宜,但也不是完全没道理。"

"你们有所不知,程良昌是求着温厚海给他工作机会的。"

"不是为了请程良昌,还签了防退出的协议吗?"

"这个我不太清楚,但是从我的观察来看,这个程良昌论能力而言,只工于心计,业务能力就逊色点,论人品,在温厚海面前毕恭毕敬,在其他员工面前作威作福。大家对他的评价也是一般。我之前也提醒过温总。"

"人的野心如果不抑制,会越来越膨胀,任何人都不例外,古往今来陈桥兵变、挟天子以令诸侯的事太多了。"孔布在一旁自言自语道。

"再好的木头也怕蛀虫。"沙志忠补充道。

"看来,我们应该重新认识程总了。"白喜在之前笔录的部分,又多做了一些批注。

喝茶讲究心境,若是闲适,自然能品出茶的回甘,而搭配紧张的侦查,茶无非就是有股味道的水。喝多了反而增加膀胱的负担。

"那打搅了，夏总，之后还会需要你的配合。"沙志忠感觉再也喝不下去了。

"没问题，有什么需要就安排丁经理吧。当然，我也一直在。"

"丁经理一直很尽心尽力。"

"真的吗？那就好。"夏平知道这是客套的话，他才不相信丁辉。

"夏总，你觉得酒店员工工作表现如何？小邱、丁辉、春姐？"孔布突然想到了什么。

"丁辉这小子，业务能力有，就是喜欢耍小聪明；小邱是个认真细致的人，但是不太爱说话，和个哑巴一样，另外就是形象不咋好；春姐倒是话多，就是有点话太多，做事也有点马虎。不过没办法，酒店现在招人不好招，现在年轻人谁愿意干服务行业哪。"说着夏平拍了拍自己的桌子。

"夏总，识人有一套。"孔布很满意夏平的回答。

"惭愧，认识的人多一些而已。"

从茶室出来，太阳已经战胜了之前遮挡它的云朵，无畏地晒着大地。

身体也逐渐热了起来，三个人从茶室走到了车祸案发地。

尸体已经被取走，留下一个空空的汽车残骸，在光秃秃的路边尤为明显。

"还是有点反胃。"白喜摩挲一下双臂,回想起自己早上的尴尬反应。

"看多了就习惯了。"沙志忠安慰道。

"你说都烧成这样了,他们怎么辨认的?"白喜很迷惑地发问。

"谁认出死者的?"沙志忠一时记不得。

"是简忆,因为看到了车牌和汤显维的帽子。"白喜做的笔记能帮助她的记性。

"帽子没有被烧掉?"

"帽檐还剩下部分,也被技术同事取走了。"

"真是个走运的帽子,案发现场总会有一些被幸运女神眷顾的东西。"孔布在一旁插话。

"孔老师,不然咱们都不知道死者是谁。"

"别急,检验结果出来没?"沙志忠摸着自己的下巴。

"刚刚打电话催过了,一会儿就会发过来。"

"太好了。"沙志忠心想催活儿的事还是年轻小姑娘比他管用。

"看,这片土好松啊。"孔布在汽车附近低头看着。

白喜和沙志忠走到孔布边上。

"松吗?"白喜问。

"嗯,这块地方土没那么干。"沙志忠抬头望了望太阳,"早上还没发现,看来是太阳晒了之后对比更明显了。"

"这有什么问题吗,孔老师?"白喜好奇地问道。

"又是一个女神眷顾的地方,这可是犯人的脚印啊。"

"脚印？没看到。"白喜想着这个要不要记下来。

"只要出现在犯罪现场就一定会留下脚印的。"孔布突然正经说了一句话。

"可是这土又说明什么呢？"

"解答了我很大一个疑惑。"

"是什么？"

"小白警官，请原谅我在没有确定之前还不能说，"孔布嘴角往上扬了扬，"对了，你们是取什么来核验死者身份的？"

"现场的帽子，以及没有烧焦的布料和毛发。"白喜在笔记里面找到了这一项。

"好的。"孔布又陷入另一个沉思，"我一直有个疑惑，没有解开。"

"是不是你上午说的姿势很奇怪？不像是死人的姿势。"沙志忠补充道。

"没错。"孔布意识到了什么，"不过这不是我的疑惑，这算是很快就能证实的推论。"

"那还有什么让孔老师疑惑的？"

"是动静。"

"动静？"

"你想想，燃烧一整辆车，居然一点动静都没有？"

"也是，早上询问那么多人，没有一个人察觉到车祸的发生，比如气味或者声响。居然一整夜连一个报案的都没有，直到第二天早上跑步的人发现。"白喜想起来早上询问的信息。

"车祸居然那么静悄悄,让我很疑惑。"

"而且,这条路真的有那么偏吗?"沙志忠双手叉着腰四处望了望。

"因为这条路是山庄自己修的,只用作内部道路而已,连接别墅区和功能区,平常只有山庄的人和客人会用到,正巧最近生意不好,所以从这条路过的人只有山庄的人。"白喜解释道。

"不仅仅是偏,而且很巧,天时地利人和的巧。"孔布的一句话吸引了两个人的注意。

"怎么说?"

"天时是昨天下雪掩盖了气味,地利是拐角很难被发现,人和是这条路一直没人知道,今天早上被人发现。"

"照这么说这场'意外'也太走运了,幸运女神何止眷顾,完全就住在山庄里了。"白喜似乎明白了一些。

"稀奇古怪的案子多了,有的真就是巧合。"沙志忠虽然心里也觉得不会那么巧,但是嘴上就是不说。

"也许吧,所以我只是疑惑。"孔布拍了拍衣服。

这时,白喜的铃声响起了,她掏出了手机,并提醒沙志忠也看屏幕上信息。

"孔老师,有结论了,通过死者的毛发、物品和汤显维房间里收集到的毛发做了 DNA 比对,是同一个人。我们有理由怀疑死者就是汤显维无疑。"

"这样啊，那死因是意外吗？"

"技术的人也怀疑不是意外，因为从死者体内检测出了安眠药，一种镇定类药物，吃进体内，半小时内就会昏迷，至少没有人会选择喝下这个再去开车的。很有可能是被人迷晕，然后把人固定在了驾驶座上。或者不小心被人下药了，导致开车的过程中出现意外。"

"果然不是意外，去房间里面搜搜，问问谁带有安眠药。"沙志忠想到一个新思路。

"是不是这个？"孔布从口袋里掏出了一个药瓶晃了晃。

药瓶上赫然写着"镇定类药物"。

"你从哪儿拿到的？"沙志忠吃了一惊。

"温厚海房间捡到的。"

"你怎么能乱拿证物呢？！都沾上你指纹了，快松手。"沙志忠正要去抢，被孔布收回了口袋。

"别紧张，证物我收起来了，这一瓶是我自己的，我睡眠也有严重问题。"说着孔布打了一个哈欠，"今天就起太早了，有点困。"

"孔老师是出了名的爱睡懒觉，今天是有案件你才起床那么早吧。"作为资深粉丝白喜非常清楚孔布的习惯。

"一大早，那个小姑娘就在过道喊，很难不被吵到。"孔布回忆起早上简忆挨个敲门的场景，突然像被雷击中了一样，"简忆！那个小姑娘叫简忆吧？"

"是的,名字叫简忆。怎么了?"

"没什么。"孔布又陷入自己沉思中。

"等下,这么说温厚海和汤显维的案子可能是同一个凶手所为?"

"至少是同一种手法。"

"连续作案,这个凶手太残酷了。"

"并不一定是连续作案。"

"那孔老师什么看法,说来听听。"沙志忠一般都让别人先出牌。

"现在两位死者的死亡时间还不确认,如果单从现有线索来做凶手推论的话,有三种可能。第一种,汤显维是凶手,他先杀了温厚海,之后再服了安眠药选择自杀。正好符合之前说车祸不可能是意外,但是有可能是自杀。第二种,温厚海是凶手,他先给汤显维下毒,之后自己再选择自杀,这也解释了他自杀的原因是畏罪自杀。这两种解释,除了一些小细节都能说得通外,杀人动机却完全没有头绪。最有可能的是第三种,由第三人连续作案,一个晚上杀了两个人,但是疑点也是在于动机,为什么要杀汤显维和温厚海呢?这两个人有什么共性呢?"

"原来这个案件动机很关键。"白喜若有所思地点了点头。

"别着急,我们先去查查两个人的背景关系,就一目了然了。"沙志忠在一旁思索道。

"摄像头偏偏这时候坏了,不然我们很快就能知道是内部人作案，还是外部人作案。"白喜有些气愤。

"从现在推断不是激情杀人，也不会那么巧摄像头就坏了，很可能是提前几天凶手就破坏了摄像头，以方便自己进现场布置。"沙志忠恍然道。

"沙警官这次很聪明啊。"孔布眉毛微微上扬，整个人兴奋了起来。

"但是凶手怎么知道温厚海会住哪个房间，汤显维会开哪辆车，走什么路线呢？"沙志忠受到了鼓舞，继续往下捋。

"我还不知道，不过这才是有意思的点。"孔布反而更兴奋了。

"还有意思？"沙志忠不明白这人怎么越棘手越兴奋，真是个古怪的人。

"提前布置？要么咱们再去温厚海房间看看吧。"白喜提醒道。

"好主意。"孔布应声。

"必须再去看看，可不能再让闲杂人等捡走东西了。"沙志忠瞟了一眼孔布。

18 惊喜

温厚海的房间,虽然尸体已经被取走,但是依然令人感到阴森,在三个人得知很可能有提前布局的事儿之后,进入房间时又平添了几分紧张感。

"房间除了尸体被取走了,其他都没有变。"白喜环顾四周说道。

"其他人应该不会进来的。"沙志忠看了看警戒线还在门口,"除了一些古怪的人。"

"孔老师呢?"白喜明白沙志忠在说孔布,突然发现孔布不见了。

"这家伙神出鬼没的,又跑哪儿去了。"

"我在洗手间。"洗手间传来孔布的声音,紧接着发出一阵冲水声。

"你搞什么,居然去上厕所了?"

孔布抖了抖衣服出来，说道："还挺干净的。"

"你这家伙，这可是凶杀案现场。"沙志忠彻底蒙了，"你居然跑去上厕所。"

"别紧张，我只是去试了试马桶。"孔布一脸无辜地看着沙志忠。

白喜本不想加入讨论男士上洗手间的话题，突然发现话题有转机，"孔老师，为什么去试那个呢？"

"一会儿告诉你，洗手间经常是破案的关键。"

"就会卖关子，你们做直播的人是不是都很善于故弄玄虚？"沙志忠抗议道。

"职业习惯，不然人们怎么会看到最后？"孔布背着手又开始去房间四周转悠。

"倒是很多凶手要逃走，都是靠洗手间。"沙志忠想到。

"不愧是沙警官，就是经验丰富。那我们这位凶手也很可能是从洗手间逃走的呢。"孔布像是找到了知心的听众。

"少来，这洗手间又没有窗户，只有一个排风扇，难道凶手从马桶里面冲走了吗？"

"这个，理论上是不行的。"

"切，毫无逻辑。"沙志忠想到了重要证物，"你之前那瓶药在哪儿捡到的？"

"就放在床头柜，很显眼。"

沙志忠去床头柜看了看，充电线、台灯、房卡、身份证都摆放得很整齐。

"提前布置的话，还做出那么假的自杀现场，这个凶手也是够业余的。"

"大智，都是若愚的。"

"有没有可能是设置一个陷阱呢？"

"小白警官，你思路很有启发性。"孔布表扬道。

"陷阱？在房间做一个陷阱，让人上吊，这也太扯了。而且凶手还把镇定药剂留在了现场。"

"理论上是有点不成立。"孔布补充了一句。

"根本就没可能。如果是想设置某个机关，让人一触发就受伤害，大可以投毒就行了，没必要煞费苦心让死者上吊，何况投毒也可以伪装成自杀。"

"人家只是一个猜想，那没准儿提前来踩过点。"白喜足够白皙的圆脸上荡起一层羞红。

孔布没有说话，望着之前温厚海上吊的天花板处。

"凡是犯罪，都一定会留下痕迹。"沙志忠也不甘示弱地找着痕迹，突然想到，"如果温厚海的体内也检测出安眠药成分，是不是就简单了？就代表这是第三人的连续作案，他还提前破坏了摄像头。"

"也许是的。"孔布的眼神又落在了门把手上，接着弯下腰又细致地观察起来。

这时白喜的电话响了，她退到门口去接电话。

沙志忠目送白喜离开后，看着孔布盯着门把手不动。"技术的同事都查过了，门把手上没有指纹。估计凶手都已经擦干净了。"

"没有指纹就是最好的证据了。"

"证明什么？"

"证明他昨天晚上犯案，有可能比较冲动。"孔布直起了腰，"门把手上应该会有这边服务人员或者死者温厚海的指纹，如果任何指纹都没有留的话，肯定是凶手擦掉的。推论有两点，第一，他没有事先准备手套，证明很可能是一时兴起作案，不然肯定早就考虑好了会留下指纹这个证据。第二，凶手要掩盖一些东西，需要把门把手擦干净，而掩盖的可能并不是自己的指纹，而是别人的指纹，或许他不想让我们知道当天晚上谁来过这个房间。"

"不用你说，我知道。"沙志忠丢给他一个不屑的眼神，"但是你这个推论毫无用处。"

"确实，现在还没有用处，没准儿一会儿就有用了。"孔布也摸了摸头。

"哼，还不是一样。"沙志忠心里暗喜，总算没有又被黑衬衫抢先一步。

"有惊喜！"白喜快速地跑了进来。

"什么事？"沙志忠习惯了她这一惊一乍的表现。

"因为摄像头坏了，我就请交警的一个学长帮我查查有没有正好可以看到这边道路的摄像头,刚才那位学长给我回电话了,他们有一个摄像头正好能拍到从山庄支路到城市主干道的影像。惊喜不惊喜?"

"太好了,这样就能查到有没有可疑人员逃出来了。"沙志忠感觉一下就能破案了,"那追踪到哪辆车了没?"

"结论是,案发之后路口没有任何车辆或者行人出来,倒是有车进山庄。"白喜的眼睛瞪得更大了,"我让学长查了下车牌号,汽车是夏平老板的。"

"什么?"沙志忠,"这么说不存在外来人犯案的可能性。"

"是的,嫌疑人的范围就缩小到山庄里了。"

"原来,我们一直被凶手耍得团团转。"沙志忠有点懊恼。

"他为什么不逃走呢?"

"可能性很多,可能是逃不掉,也可能是……"沙志忠突然想到了什么,"坏了!"

"怎么了,沙队长?"

"一直没有露面,失联的那位在哪儿?"沙志忠撇了撇嘴。

"沙队是怀疑薛展国?"白喜轻轻竖起了大拇指。

"目前看,薛展国的嫌疑非常大。"沙志忠的脸上阴云密布,"他该不会还要继续作案吧?"

"别吓我。还有凶杀案要发生吗?"白喜的表情一下子变得阴晴不定。

"现在还不确定汤显维和温厚海两起案件之间有没有关联。"

沙志忠表情一下凝重了起来。

"孔老师，你在想什么？"白喜看孔布在一旁愣神。

"我在想茫茫人海之中，是什么让两个陌生人的关系变得密不可分的呢？"孔布突然严肃了起来。

"他们是同事关系，不能算陌生吧。"白喜感觉两个人完全忽视了本身的同事关系。

"只是几个月的同事，关系太脆弱了点。虽然很多公司都倡导家文化，工作中显得亲密无间，但这层关系很容易在某个人离职，甚至于换岗之后就变得冷淡。"孔布若有所思。

"是不是有个词叫作逢场作戏？"

"小白警官很聪明，就是这个意思，职场就是个大舞台，形形色色的人在上面戴着不同的面具，扮演着不同的角色，而公司也希望员工都脸谱化，消除个性，方便管理。"

"扮演？看来咱们这几位里面有人在演戏。"沙志忠摸了摸自己下巴。

"当然，这里的几个人，他们都藏着自己的秘密呢。"孔布感叹道。

19

躲藏

采薇别墅区分三排。

温厚海住在东侧，房型是带大院子的别墅，推门而进，便可见繁花缤纷，杂草丛生。

而汤显维住在西侧，格局类似，但尺寸却小了不少，特别是院子显得尤为玲珑，进入院内两步就能跨进房间，不由得感叹现在建筑设计师是靠什么手法把这儿营造得像个别墅的。

"领导和员工的待遇果然不一样。"白喜边在房间搜索边抱怨道，"这还是只有骨干成员才能住呢。"

"其他人直接都送下山了。"沙志忠看来，年轻人的抱怨都是因为不努力。

"看来人人平等都是骗人的，还得不断奋斗。"白喜撇了撇嘴。

"社会资源就那么点，成功得趁早。"沙志忠很早就明白这些道理，所以他成为了最年轻的副队长。

孔布没有加入他们关于"奋斗"的话题，此时他正看着衣帽间挂着的衣物，用戴着手套的手一件一件去努力感受衣物的材质和纹理，像是自己在GUCCI（古驰，奢侈品服饰品牌）时装店挑衣物一样。

"小白警官，听说汤显维是海归？"孔布看到白喜正注意到自己。

"他刚回国，之前一直待在国外。"

"果然是海归。"孔布说这个词，像是久别重逢的老朋友见面一样，有些许陌生的熟悉感。

"这年纪海归很正常，家里送出去，多看看世界，多一些选择。"沙志忠想着自己也曾经差点出国。

"都得是家境比较好的，赢在起跑线上，少奋斗很多年。"白喜也感叹。

"汤显维，他家境很好吗？"孔布继续翻动着汤显维的物品。

"喏，这些都是一线大牌呀。"白喜拿起一个条纹格子的BURBERRY（巴宝莉，奢侈品服饰品牌）钱包，在孔布面前晃了晃。

"有钱家的公子哥，也到厚海这种公司体验生活吗？"沙志忠很不以为然。

"沙队，这就不好说了。韩剧里面也总演财阀的公子因为叛逆放弃家族提供的一切，跑到一个小公司从零开始，也可能是为了接近自己的灰姑娘,心甘情愿来打工呢。"白喜眼神里面放出闪烁的光。

"切,你要把想象力用在正道上就好了。"

白喜吐了吐舌头。

"有其他什么发现吗?"沙志忠是对着白喜说,不过余光在瞟孔布。

"没有,沙队。就是一些个人用品,不过倒是挺乱的。"

"再仔细看看。"沙志忠发现孔布也没有其他回应,就试探地问了下,"那个孔老师,咱们走吗?"

"走吧。"

没想到孔布的回答很跟拍,看来真的没什么发现。不过走的时候,孔布特意照着床角拍了一张照,沙志忠从他的笑容里面看出了得意的意味。

三个人正准备从汤显维房间走出来,路口垃圾箱边却站着一个中年男子。

中等身材,戴着一个羊毛贝雷帽,穿着蓝色格子西装裤和黑色羽绒服,正在使劲地吸吮自带过滤嘴的香烟。

一根烟在过滤嘴上燃烧,烟头红点变成亮红色,再逐渐变黑,旋即一股青烟从男子的鼻孔里喷射出。

"我就是你们要找的人。"中年男子开启话头。

"你是?"沙志忠往前迈了一大步,警惕地站到了白喜和孔布两个人身前。

"我就是薛展国。"薛展国从过滤嘴里取出烟头，扔进了旁边的垃圾箱。

"原来你就是薛展国。"沙志忠丝毫没有放松戒备。

"薛总好，我叫孔布，也是这里的住客。"孔布从沙志忠臂弯下钻了出来，迎上前去。

"你好，你也是警官？"薛展国和他握了握手，却对这个毫无警察气场的男人存在疑惑。

"我不是，他们二位是，"孔布向后指了指，继续说道，"不过我现在加入他们调查组了。"

"了解，那咱们去哪儿聊呢？"

"薛先生，你知道我们在找你？"白喜也从沙志忠另一边探出头来。

"咱们别站在外头了，要么去早餐厅吧。"薛展国说着就往前走。

除了供应早餐之外，这个早餐厅是当作咖啡厅用的，当然这时候服务员已经去筹备午餐了，现在进来只能自己动手，一壶热茶、一壶凉的薄荷水，一个自动咖啡机以及若干个玻璃杯都在台上等待客人自取。

"咱们就坐这儿吧，三位。"薛展国挑了一个离自助台近的位置。

他先把烟盒以及手机放到了台面上，再脱下自己的羽绒服，露出了成套的格子西装上衣，看对面三个人还愣愣地看着自己，

"我去拿杯热茶,你们要喝什么,自取吧。"

对于嫌疑人下一步的举动,谁都会小心翼翼,除了孔布。

孔布也起身去倒薄荷水。

"咱们开始吧。"沙志忠如炬的目光从来没有离开过薛展国。

"好。"也许刚才抽烟太干了,薛展国喝了一大口茶,所幸温度不高。

"请问您和死者关系如何?"沙志忠试探性地提问。

"不用绕圈子了,我知道你们很想知道人是不是我杀的。"薛展国双手抱着玻璃杯,直视沙志忠,像是对他目光进行回应。

沙志忠有些惊讶,用更强烈的目光和他对视,"所以,是吗?"

"并不是,让你们失望了。"薛展国这次又喝了一口茶,这次比较小口,他说话的节奏很慢。

"是不是,并不是你说了算。"沙志忠感受到这个人有些傲慢。

"信不信由你们,这也是我来找你们的原因。"薛展国右嘴角微微上扬。

"什么意思?"

"我明明是受害者,却要被当成嫌疑人。我要找警察保护我。"

沙志忠一直盯着薛展国的眼神看,企图从他的眼神中看出一些异样,也就是能甄别他谎言的特征,但是他并没有发现什么,何况想制造谎言的人很难主动找上门来。

"了解，证明你清白的证据一定是有的。"孔布这时插话道。

"谢谢你，小孔。"薛展国突然注意到这个没什么气场的年轻人。

"薛先生，只能说我们尽力而为。"沙志忠补上一句官方说法。

"好的，那有劳了。"薛展国眼皮又往下耷拉了下来，"唉，谁也不知道会发生这样的事情。"

"你是指他被谋杀吗？"白喜很敏感人的情绪变化。

"是的，本来以为是自杀。不过自杀也好，谋杀也罢，人都没了。"

"你知道谁有嫌疑吗？"

"这并不是我关注的事。"薛展国心里想说，人死了，找到凶手又有什么用。

"昨天晚上你一直和温厚海一起泡温泉，聊了些什么？"

"两个老哥们儿，谈点闲事儿呗。"薛展国从烟盒拿出了一根烟，看了一眼白喜，"介意抽烟吗？"

白喜摇了摇头，"你抽吧。"

薛展国把烟塞到自己的过滤嘴里，迫不及待地点燃，吸吮，吐气，也慢慢打开自己的话匣子："这个温厚海为人狡诈得很，只不过知道他不在了，还是让人很伤感，我们明争暗斗也很多年了。"

"你知道他为什么死的吗？"

"老实讲,并不清楚。我以为最希望他死的人只有我。"薛展国苦笑道,"干企业的,得罪的人多,不过也不知道他得罪了谁能招来杀身之祸。"

"知道他最近和谁结怨了吗?"

"小摩擦有很多,不过有大摩擦的也许就只有我。"薛展国无奈地笑了笑。

"那他和汤显维有什么关系吗?"

"汤显维是谁?好熟悉的名字。"

"就是另外一位死者,也是厚海的职员。"

"想起来了,我接触得很少,就昨天一起吃了一顿饭。"

"昨天你们聊了些什么呢?"

"这个很重要吗?"薛展国眼里露出一些纠结。

"很重要。"

"好吧,不过我今天说的话可不能作为呈堂证供。这是我们的商业机密。"薛展国看到警官们点了点头,才继续讲述,"唉,这几年的经济形势可真的太难了,展国文化业绩也大不如前,屋漏偏逢连夜雨,就在这时候温厚海还抢了我们的年度战略单,所以温厚海晚上找我是谈要不要加入他们厚海。"

"收购?厚海想收购你们?"

"哼,这哪里是收购,这明明就是侵略,赤裸裸的侵略。他抢了我们最重要的合作伙伴,而且告诉我们未来的一年,我们几乎没有市场可期,这商场从来都不讲情面。"

"你答应了？"

"怎么可能，就算公司真走到那一步，也不可能给温厚海。"薛展国调整了一下坐姿，"你们也许不知道，温厚海这个人不讲什么情谊，我自己无所谓，但是我的那帮老哥们儿要是都跟着他肯定没有好日子。"

"也未必吧，还能把他们怎么着？"

"估计都会被干掉，"薛展国想着面对的是警察，又换了个说法，"就是被无故地劝退，这年头不给赔偿让一帮老家伙滚蛋的方法，有的是。"

"果然还是老朋友互相了解。"孔布在沙志忠和薛展国对谈中，冷不丁插了一句话。

"我们可是老对手，这个赛道上的蛋糕就那么大，这家公司吃饱了，其他公司就得饿着，这就是残酷的竞争。当然有的人即使吃饱了，还依然很贪婪。"

"所以，这就是他请你来参加典礼的理由。"

"或许吧，公司典礼就像是每个国家的阅兵，是用来宣告军事实力，对内激发斗志，对外震慑对手的。我想我就是需要被震慑的那个。"

"不过，温厚海也没有获得很好的下场。"

"世事难料。"

"关于此前，温厚海曾经收到过一封威胁信，难道是你寄的？"

"我才不干那种傻事,那绝对不是我们这个岁数的人干得出来的事儿,也太不体面了。"

"你怀疑谁呢?"

"我不知道,我就在一旁等着结局吧,反正今晚的房费也交了,不住白不住。"

"放心,真相很快就会来的。"孔布的话像是抚慰这位低落的中年人。

"是吗?"薛展国又一次认真地看着这个年轻人,"我期待。"

一场纷争之中,有极力撇开关系的,有陷入其中寻求解脱的,也有袖手旁观等着看戏的,更有在其中坐收渔翁之利的,谁是台上戏子,谁又是坐席看客,却没有人知道。而孔布想着自己本来就是来度假的,看客都不算,怎么就卷进了这场戏之中了呢?真麻烦。

20

午餐

已经接近中午，大家都有点饿了。

"小白，跟我回局里一趟，老胡那边还有点事。"沙志忠有着比进食更重要的事。

"技术的胡哥吗？明白，沙队。"

"行，咱们赶紧走。"说着，沙志忠就准备上车，驾驶室自觉地让给新人白喜。

"孔老师，和我们一起吗？"白喜一只手拉着车门。

"他还是留在这儿，没我们在，兴许他调查更方便。"沙志忠嘴上那么说，内心有着另外的盘算。这是他作为正牌警察和一个业余网红之间的较量，不能在小姑娘面前露怯了，回警局利用好自己的刑侦资源，肯定比一个只靠"瞎猜"的网红更快破案。

想到这里，沙志忠眉宇中又透着得意的神色。

"我不去了，我并不善于调查，而且我也不喜欢公安局里那肃穆的味道，总让人没有胃口，说到胃口，我也该去吃饭了，我擅长在自己脑子里寻找答案。所以，我感觉下午的阳光或者温泉更适合我。"

"那好，孔老师。"白喜突然也感觉饿了，又要回局里吃那个单调难吃的食堂了，期望今天张厨能发挥的好一点。

白喜已经坐到驾驶室，打着了火，突然放下车窗，"对了，孔老师，这边厚海的客人们估计都还在，你可要小心一点。"

"放心，我肯定不会是下一个目标。"孔布露出让人放心的微笑。

"有任何问题给我们打电话。"白喜拿出了一张名片给孔布，顺带报了一遍自己的电话号码。

"果然，有困难找警察小姐姐。"

"一定要小心。"白喜依依不舍地道别。

"小白，咱们走吧。"沙志忠必须让这个告别戏码快点结束，"那位孔老师，自己多注意。"

孔布没说话，在空中让自己细长的手指轻轻挥动。

警车在起步的时候总是很快，伴随着些许残雪和扬尘，飞驰而去。

留下的孔布轻叹一声："一上午，已经严重体力透支了，肚子好饿。"

午餐厅也是自助餐的形式，从山庄的厨房运上来的，高效的运输让菜品依然保持刚出锅的香气。

孔布一进大门，就被人盯上了，直勾勾地盯上，不消说，他们就是厚海那群"危险"的客人们。

"中午好，各位，我能坐在这里吗？"既然都被盯上了，还不如把自己直接送入网中。

孔布望着眼前的三位，一个小圆桌，唐更尧坐在自己左侧，自己右侧是谢让，而正对面是严顺民，从餐盘的狼藉程度看，他们的午餐接近尾声。

"你是警察吧？"严顺民抢先问道。

"当然不是。"孔布抖了抖餐布，放在餐盘下面。

"他是协助调查的。"唐更尧倒是对孔布很熟悉。

"那查出来死因了吗？他们真的是被谋杀吗？"严顺民关切地问道。

"很抱歉，官方回复是还不清楚。"孔布先努了努嘴，之后又微笑道，"不过我个人悄悄告诉你，应该谋杀的可能性比较大，不代表官方意见哦。"

"那我们在这儿岂不是很危险？"谢让露出惊恐的表情。

"也不至于，坐得端行得正，有啥可怕的。"唐更尧其实是说给孔布听的，"孔先生，你们查我查清楚了吗？"

"还没顾上。"孔布丝毫不害怕他那犀利的眼神。

"怎么？唐总被调查了？你们肯定冤枉人了。"严顺民故意把语气加重了一些。

"就是，你们不能冤枉好人。"谢让也在一旁帮衬着。

孔布对他们笑了笑，并没有应答，他感觉自己并没有力气去应战"敌军"，需要去补充一点能量。于是他起身去取了一些小炒鸡块、凉拌豆皮，再加上土豆烩牛肉、煎鳕鱼块。他放弃了烤羊排，现在的他吃不下任何烤制品。

在思考喝什么的时候，孔布没有过多纠结，果汁和汤都要，一杯西瓜汁加一碗小葱萝卜汤。

等他把自己的大部队召集回餐桌的时候，"敌军"却少了两个人。

"他们吃好了，去泡温泉了。"严顺民向来都是不问自答，他把这看作是自己的精明。

"好的，你是严总对吗？"孔布看着这位 40 岁左右的男人。

"没错，我叫严顺民。调查员同志。"

孔布会心一笑，看来今天的饭搭子是个健谈的主，可以有很多厚海的小故事供他下饭了。

21

吃货

人最开心的事,就是能在饿的时候,吃上喜欢的食物,想睡觉的时候,可以有亲肤而柔软的床铺。

孔布深谙此道,所以总能让自己快乐起来。而眼前这个人貌似比自己还心宽,能在任何时候进入狼吞虎咽的状态,而且不会因为别人而影响了自己的兴致。

让孔布感觉即使自己没胃口,在这位身边也可以大快朵颐。一个吃货能在茫茫人海中遇到另一个吃货是极为幸福的,因为他们可以什么都不干,就是和对方一起吃,就产生幸福感。

"这山庄菜的味道还不错?"孔布用一个自言自语开启话题。

"还行,厨子应该是个湖南厨子。"

"严总真是老饕。"孔布很明白,要和一个陌生人快速熟络,夸赞是最好的方式。

"别的不敢说,论到吃,我严顺民排第二,排第一的那位还没出生。"

"看得出来。"孔布注意到他面前的几个大盘子。

"你比如,他家的这小炒鸡,先把鸡肉炸了下,辣椒先烤了烤做成了虎皮,炒的过程加了紫苏叶,起锅前还淋了绍兴酒,鸡肉比较入味,味道醇厚,这是湘菜做法。"严顺民为了让对方信服,多提供了一些依据,"小小的炒鸡,不同地方做法不一样,如果是湖北的炒鸡还会加藕丁,四川会把鸡肉煸干水分,云南会加青花椒和薄荷,而到了北方山东是要炒完再加水炖,新疆就要加土豆了,那是另一种吃法。"

"原来是这样。"孔布又夹起一块鸡肉,回味着。

"我最喜欢的就是紫苏,我想过自己最好的死法,某一天吃紫苏把自己噎着了,就这么死去了。到临死的最后一刻也有紫苏独特的清香味,那才是最幸福的事儿。"

"难以置信,居然有人认为吃东西噎死也是一种幸福。"

"幸福来自自由,非要死的话,可以选择一种死法该多好。谁愿意被人不明不白地谋杀,话说回来,如果是我要杀一个人的话,也希望是在他的食物里面下毒,这样他死得是幸福的,也能减轻自己的罪恶感。"

"我想,凶手并没有你这个关于吃的信仰。"

"那当然,凶手就该心狠手辣。"严顺民又补充道,"贪吃的人当不了凶手。"

"我想也是,严总能请教一个事儿吗?"

"什么？"

"温总有吃安眠药的习惯吗？"

"据我所知，是有的，有一次我和他出差，他在飞机上就吃了一颗，我当时还问他怎么岁数不大就吃上安眠药了。他说最近睡眠质量不好，吃这个可以调节一下他的睡眠。"

"看来的确如此。"

"他们这些当老板的，赚那么多钱也不知道图啥，吃也吃不了啥好的，睡也睡不着觉。人生的意义就是银行卡里的数字吗？还不如我老严，我能吃能睡的，每天都开心。"严顺民说着又把一块牛肉扔进了自己嘴里。

"那确实。"

"别以为有钱日子就很爽，他们常常身不由己。"

孔布摆正了坐姿，等着听这位的高见。

"当老板的，虽然看着都是身家上亿，随时都会被三条蛇盯上，分别是黑蛇、白蛇、花蛇，这个黑蛇就是穿黑袍子的法官，总得打点法律的擦边球才能挣上大钱，这不出事还好，一出事黑蛇就咬你。这白蛇是穿白大褂的医生，他们这帮当老板的，身体能好才怪，不是熬夜就是喝酒，一喝就喝大，一熬就是好几宿，心理压力又大，吃饭又不规律。谁身上还不得有点病根，都是拿身体换钱，这白蛇一咬人啊，那真是得躺好久。最吓人的就是这花蛇，看着好看，那是赤裸裸的诱惑，你知道我指的是啥，年轻时候奋斗，年纪大了最爱在小姑娘身上找青春，男人的钱还不都是养女人用的，钱太多了，就想办法多几个女人，可自古都是唯小人与女子难养，花蛇咬你总是在不经意之间。"严顺民眯着眼朝孔布看了看，"趁着你还年轻，多玩玩挺好。"

"我怕蛇，蛇肉也不敢吃，最好一条都别碰上。"孔布感觉这严顺民社会经验倒是一套一套的，谈到温厚海的死因，他又是被哪条蛇咬了呢？

"所以，他们的生活每天都提心吊胆的，谁也不知道自己明天是否安全，这种如履薄冰的日子，我肯定是过不惯的——难受！"严顺民咽了一口嘴里的食物。

"表面风光，私下受罪。"

"我悄悄和你说，他们私底下都要去庙里拜神出佛，每逢大项目启动，还邀请和尚来作法，你说说看，他们活得累不累？归根结底，他们心里都不踏实。"

"突然想起一个事，温总平时会戴那种开过光的手串吗？"

"应该有，这个岁数的人都喜欢戴手串，人手一串。"

"除了他，厚海还有人戴？"

"他们应该都有吧，谢让、老程，不过好像唐总什么都不戴。"严顺民回忆着其他人的穿戴，他一定要做最了解公司的人。

孔布特意瞟了瞟严顺民的手腕。

"我比他们都年轻时尚，你看我戴电子表。"严顺民露出了一个笑容，并把手腕拱起放在孔布面前。

孔布也冲他笑了笑。

"我看你这个小哥们儿,一直在调查我们公司,怎么凶手就非得是我们公司的人?"

"很有可能。"孔布并不习惯骗别人。

"那个薛展国呢?你们怎么不查他?"

"也不排除。"

"这帮险恶的富贵阶层,都罪有应得。"

这个刚才还眉飞色舞的人,突然冒出一些狠劲。

"薛展国、温厚海,都是烂人,还有那个狗腿子,程良昌,我敢打赌,他们三个肯定藏着不可告人的秘密。"严顺民使劲搅拌着自己的油泼面,像是要把它们都搅烂在碗里。

"又一个民间审判的。"孔布心想,这哥们儿要是当个可以滥用私刑的清朝知县,估计已经对这三个人用刑了。

"等一下,会不会有这么一个可能?"严顺民眼神突然释放出一种奇妙的光芒。

"什么?"

"小汤有把柄在薛展国的手里,那种比生命还重要的把柄,薛展国就让他来杀温厚海,他杀完之后,薛展国就卸磨杀驴,所以小汤最后才出了车祸。"

"存在这种可能。"孔布不想打消他的积极性。

"我真是太聪明了,我一会儿要告诉彩云去。"

严顺民一口气吸溜完了最后一些油泼面,猛地抽出两张纸巾,擦了擦嘴。

"那个谁,调查员,我先走了。你慢慢吃。"

"吃货果然都思维活跃。"孔布看着这位老顽童,踮着脚地走出了餐厅,笑着自言自语,继续低头享用自己的美食,突然他有了一个新的发现。

"卸磨杀驴。"孔布回味着这几个字。

22

凑巧

谢让，一直都小心谨慎做人。

小时候他父亲告诉他的真理，叫作"顺水人情不容易，落井下石很简单，人要混得好，谁也别得罪"。

比如玩游戏，人家都想着怎么赢，而他只会想着如何不得罪人。比如他并不是很喜欢泡温泉，不过既然唐更尧邀请，他也没有别的要紧事，以免驳人家面子，便扭捏地"欣然"前往。

温泉就在餐厅的负一层，和整个山庄中式的风格相适宜，装饰倒是比较唐风。当然也别指望三流设计师能做得多纯粹，总带有一些宋代以及日本和风的余调。

在一个花鸟屏风后，唐更尧早就解开了束缚，露出充满爆发力的身材。而一旁的谢让还围着一条浴巾，遮挡住自己硕大的肚腩。

"这一早上就现在最舒坦。"唐更尧整个人瘫倒进温泉池子里,头往后仰起,眼睛闭合,发出一声低吼。

"有点烫。"谢让轻轻地解开浴巾,侧身先是左脚进入池子,然后右脚再进入池子,整个身体慢慢蹲下,而不激起一丝水花。

两个人尝试着几种坐蹲躺的姿势,直到都适应了水温,期间两个人也是对这里装修风格评头论足,而一切看似融洽的气氛被唐更尧的问话打破。

"谢总,你做事总是很小心吗?"

"养成习惯了。"谢让此时还没有揣摩到这话里更深层的含义。

"这是不是温总招你进来的原因呢?"

"主要还是温总给机会。"谢让想到温总刚去世,突然低下了头。

"不过,我很好奇你怎么会来厚海文化。"

"唐总,咱们企业前景好,平台大,当然要来!"谢让将头侧过去,正好看着唐更尧似笑非笑的脸。

"恐怕不是。"唐更尧放慢了语速,把自己的陈述句说得更像是问句。

谢让没有应答,他知道对方也正要拿出更有杀伤力的论述。

唐更尧用手摆动着温泉说:"我今天被列为嫌疑人了,所以我想了想真正凶手是谁。"

"你该不会怀疑是我吧?"谢让再也忍不住了。

"我不想怀疑,不过我很不巧知道一件事,之前没多想,不过现在倒是能把起因结果串联起来。"

唐更尧脸朝着前方,但是用余光留意着谢让的反应。

"昨天晚上本来想泡温泉,刚走近这边的温泉池,居然看到了薛总和温总。我才懒得混入老板们的会谈,所以转身离开,不过你猜我发现了谁?就是你谢总,本来我觉得可能是凑巧,但是现在发生了命案,可就不一样了。而且我也不想被当成嫌疑人。"

谢让不知道是被蒸汽烫到,还是内心紧张,顿时一身冷汗。

唐更尧笑了笑,"所以,谢总应该不会是凑巧路过,又凑巧听一听谈话吧?"

"我确实当天晚上也在。"谢让又陷入沉默。

说着慢慢地滑入水池,怕动静大激起水花溅到旁边的人。等他慢慢坐下,放松自己,才看到对面的人有点眼熟,一下子又冒了一身汗,这次依然不知道是水温还是体温激出来的。

"我能加入二位的话题吗?"孔布笑眯眯地进入了温泉池子。看着这两个人,也觉得颇有意思。一个紧张兮兮,一个泰然自若。

"孔先生,还真是一路跟着来的。紧咬着我不放。"唐更尧一直不爽自己是嫌疑人。

"凑巧,凑巧,我看你们在聊一件很凑巧的事?"

"原来你也凑巧听见了?"唐更尧看了他一眼,又把眼神挪走。

"最近巧的事特别多,谢总,你的手串是不是丢了?"

"我吗？好像是的，找不到了。"

"有个服务员凑巧捡到了一个。"

"长什么样？"

"是一串金刚菩提，我想正是您戴的吧？"

"不是，我那就是普通的檀木。"

"起初我也不确定，所以我就来这里看看，我看到您手腕上太阳晒出来的痕迹，如果是普通檀木的话应该会有大块明显的晒痕，而金刚菩提的形状很特殊，有很多凹凸，所以晒痕也是最特别的点状。"

"啊？"谢让下意识把自己左手手腕往下压了压，"我记错了，我有好几串，今天戴的是金刚菩提。"

"没关系，我来帮你回忆一下，你还去过温厚海的房间吧？"

"果然是你，是你杀了温厚海。"唐更尧突然兴奋了起来，拍了下自己的胸脯。

冬天的寒冷是不会变的，如果感觉到冷，只能是外部世态炎凉。

温泉的温度是不会变的，如果感觉到热，只能是内心焦虑难耐。

"真不是我干的，我只是去他房间拿样东西。"谢让的内心波荡了起来。

孔布点了点头，得到了自己满意的答案。

"你去拿什么？"唐更尧步步逼近。

"好吧。事到如今，我都承认，我是去拿厚海关于雅豪集团的报价单以及签约合同。在温厚海的电脑里。"谢让仰头无奈地望着天花板。

"这，你是怎么进去的？"

"门没有关，是薛总给我留的门。"谢让眼神里面透露出羞愧。

"越来越有趣了，这个故事。"孔布在旁边玩着自己的手指。

"让我从头说起，其实薛展国是我远房的一个亲戚，当然我们平时并没有什么来往，其他人也并不知道。只不过当我加入厚海之后，被薛展国知道，他就主动和我套近乎，起初我也觉得就是人在他乡，分外亲切而已，没有多想。当然我的性格比较被动，不懂得拒绝。"

"哪有什么久别重逢，突然关心，都是不安好心。"唐更尧感慨道。

"千真万确，薛展国还主动帮我把孩子的学校问题解决了，我们两口子非常感激他。当时他什么回礼也不收，直到有一天吃饭的时候，他提出来要我帮他拿一样东西。我当然是不答应的，这种偷鸡摸狗的事我谢让才不干。可是薛展国还说，我孩子有先天性心脏病，那所学校最近要加做一轮身体素质测试，如果没通过的学生，会被淘汰。"

"你为了孩子就答应了？"

"唐总，你是没孩子不理解，我也不是非要孩子上什么重点小学，但是既然已经开学了，你再让他退学，你知道这会对孩子内心造成多大的阴影吗？我们当爹妈的，一辈子忍气吞声都可以，但是不能再让孩子经历这种苦。该承受的就让我们承受就行了。"谢让难得在自己的言语里面加了些怒气。

"不认同，但理解，如果只为孩子活，我宁愿不要孩子。"

"所以，我没办法就答应了。在得知这场典礼的时候，薛展国给我打了电话，让我看时机，今天晚上没准儿就可以行动，我想他一定是不甘心厚海抢了他们的年度大单，商场上就是这样尔虞我诈。"

"那是我拿下的，把我挖走就好了。"唐更尧的笑容带着些讽刺的冷峻。

"我其实一整天都因为这个事而提心吊胆，到了晚上我想我还是多听听他们之间的谈话，我怕里面有什么猫腻。没想到我听到温厚海想要收购薛展国的公司，我一想，原来温厚海更不道德，我是在帮弱小的一方，于是就内心一横，当作劫富济贫，做的时候也没有太多的心理负担。到了晚上，薛展国离开温厚海房间的时候，特意把门虚掩着，而且他确定温厚海拿出安眠药，准备睡觉，并通知了我。我过了半个小时就潜入了温厚海房间。"

"你去的时候大概几点？"孔布询问更重要的信息。

"我是晚上 11 点半从自己房间出发，我想应该是 11 点 40 分左右进去的。进去的时候，温厚海果然在睡觉，我拿出他的电脑，用他的面容解锁了密码，然后就把报价单和合同拷贝走了。一切都还算顺利，我走的时候应该是快到凌晨 0 点。"

"温厚海还活着吗？"

"当然，他还在打鼾，睡得可沉了。不过突然听到一声东西响，像是东西倒地，我吓了一跳，我以为温厚海醒了，赶紧合上电脑就跑，手串应该就是在那一阵慌乱中丢掉的，我当时吓坏了，谁知道第二天温厚海就死在了房间中，真的不是我干的，我可以对天发誓。"

"之后你去了哪里？"

"我当时特别害怕，只想快点把这个事情了结掉，于是我直接去了薛展国的房间，把报价单和合同都拷给了他。他还询问了我关于采购订单以及一些东西的细节，其间我们还因为孩子上学的问题起了一些争执，等我离开的时候已经很晚了，大概凌晨2点了吧。"

"这薛展国还觉得自己是受害人，背地里也没少使坏，不过依照时间看，他不太可能是杀汤显维的凶手。"

"对，我也不是，我想我和薛展国可以互为时间证人，我们那段时间一直待在房间里。"谢让突然窃喜，自己和薛展国在房间多争执了一会儿。

"如果你说的是真的，我想当时温厚海房间里还有另一个人。"不过孔布注意的是另一件事。

"什么？这怎么可能。"

"他和你一样，在等着薛展国离开，然后自己进去，但是怎么也没有想到你居然会进来。而且你不是还听到一个声响吗？我想那正是那个人不小心发出来的声音。"

"这么说我当时很危险,得亏自己跑得快。"

"放心,这人如果是凶手,也不会无差别杀人,他只是静静等着你离开。"

"你这么了解凶手吗?"唐更尧对于凶手的话题一向很敏感。

"我比较喜欢研究心理,如果是一个杀人不眨眼的凶手,怎么会把现场布置得那么干净呢?可见他心思足够缜密,而且他选用伪装自杀的方式杀死死者,我感觉他并不是为了迷惑警方,如此大费周章,一定另有目的。要不然一个杀人魔,大可以选择最简单直接的方式。"

"孔老师已经破解谜题了吗?"谢让小心翼翼地问道。

"非但没有,反而是毫无头绪,所以才来这里泡温泉,寻找一下灵感。"孔布无奈地把手放在了脑后。

"谢总,这么说你真算走运的,至少薛展国没有全推到你头上。"唐更尧笑道。

孔布会心一笑:"差点卸磨杀驴。"

23

依靠

龚彩云最害怕的就是老鼠。

她觉得那种生物会随时闯入你生活，不管在世界哪一个角落，屋里都可能藏着一只老鼠，就像一个定时炸弹，而又阴魂不散。

所以，那天她做的噩梦，让她这几天都极度不踏实。这让简忆成了她的护花使者。

此时，简忆正被龚彩云缠着一起喝下午茶。

"龚总，你真的不怕胖吗？下午还吃这个。"简忆看着龚彩云又吃了一块沾着蜂蜜的华夫饼。

"怕，但是可口的甜食能给人安全感。"

"吃甜食的确让人幸福。"

"重要的不是甜食，而是吃甜食的这种生活方式。"龚彩云发现简忆并没有理解自己的意思，"现在社会交往都在看社交价值，如果不是这些精致的生活元素摆在面前，人会没有社交价值的，所以宁愿多锻炼，我也不能舍弃这些精致。"

"要我，情愿躺着。"简忆白了白眼。

"我的一姐，你还正是走红的年纪，等过两年注视你的目光变少了，你就懂了。"龚彩云继续拿小叉子吃着自己的甜点。

山庄提供的下午茶种类并不多，但餐具足够典雅，每桌前还会放上鲜花，味道虽不算上等，但是拍照足够夺眼球。

用龚彩云的话说，这给她提供了足够的安全感。她每次起床化妆都要化1个小时，才有勇气面对当天。

"龚总，你现在好一些了吗？"简忆注意到她一天情绪都很不稳定。

"谢谢一姐，有你陪我就好。这两天真的发生了太多事。咱们能离开这里吗？"

"可以是可以，不过看大家都没有要走的意思，程总和唐总说要洗脱自己的嫌疑，薛总说他不想浪费酒店钱，老严貌似自己当起了侦探，谢让你是知道的，他谨慎怕事，没有人说走，他不会自己走的。"

"男人哪，都靠不住，非要我们还在这里耗着。"

简忆望了眼这位女人，又低头喝自己的美式咖啡。

"怎么了一姐，有心事？"龚彩云非常擅长猜别人的心思，这是她引以为傲的特殊技能。

"有件事一直想问你，昨天晚上你为什么提前走了？"

"困了,睡觉去了。"

"可是,你也没回房间,因为我在凌晨0点,看到你从东侧的别墅走出来。"

"你昨晚看到了?"

"不好意思,确实看到了,但是我没有告诉警察,我相信你。"简忆瞪着大大的眼睛。

"一姐,你人真好。"龚彩云一下抱住了简忆,简忆瘦小的身躯差点被扑倒。

"但是龚总,我觉得需要听到一个合理的解释。"

"你还在青葱岁月,我们女人谁还没有一段不堪回首的故事。"龚彩云起身收拾了一下自己的衣服。

"龚总一直都是我偶像,那种新时代独立女性。"

"啥独立,你是想说我是个离异的妇女。"

"你又没靠男人,自己一个人都在西京有三套房。"

"不是不想靠,是真的靠不住,我那个前夫,天天就想着自己快活,完全不管家。一姐,天底下的男人,终归都是没长大的孩子,顾家的少。"

简忆突然沉默了一下,龚彩云知道她对自己的表述存疑。

"你就想知道我去了谁的房间呗?"

"抱歉,因为现在出了很大的事,不然也不想打探你的隐私。"

"我能抽根烟吗?"龚彩云很少抽烟,除了想起这段往事的时候。

简忆点了点头。

"说来可笑,我这辈子听到最动听的情话,不是我爱你,嫁给我之类的,而是有一个男人说了一句'下次可以给你唱首歌',我被这句话温暖了很久。那段时间,和那个没用的前夫离婚,那个像不懂事的孩子一样的男人,离婚时居然拿走了所有钱,一分不留。我陷入了深深的自我怀疑之中,那段日子酒是我最信任的朋友,我每天和这位朋友一起在酒吧里彻夜狂欢,太快乐了。"

她没来得及吸,烟熄灭了,于是又点了一次。

"说来搞笑,本来我酒量很差,那段时间之后却突飞猛进,我不停地喝,不把自己喝醉,晚上很难入睡。知道我为什么喜欢喝酒吗?就是那时候养成的习惯。我还做了很多出格的事,每天也不知道在谁的床上睡的。颓废日子过多了,就会恶心自己。有一天我想结束自己荒诞的人生,我选了一套自己最喜欢的礼服,穿上蓝色高跟鞋,抹了新买的口红,那天阳光很好,路边有很多大树,我走到护城河边,爬上了栏杆,踮起脚尖,准备跳下去。这时候听到一个人在唱歌,他在唱《山丘》,唱得很好听,我被他感染了,想听他把歌唱完,于是,我没有跳下去,就静静地听他把歌唱完,他唱完后,冲我笑了笑,说没什么大不了,岁月就是个无言的山丘。我说你知道我在干什么?他说不知道,只是他也站过这里,然后他给了我电话,说下次可以给我唱另一首歌。"

"后来,你们在一起了?"

"童话故事里才有圆满的结局,生活可没有。他也离过婚,但他不想结婚,他有个女儿,他也从不告诉我他是不是只有我一个情人,我们就算是都市失意人互助小组吧。这个重新燃起我希望的男人,我为他而活着,我不想走进他原本的生活,我不需要他为我做什么。"

"你的牺牲真大。"

"不想付出,所以无所谓回报,不想被控制,也不要去束缚别人,享受当下的自由多好。我们只是一段开放式的关系,像萨特和波伏娃一样,比普通朋友更深一层。"

"那个男人,他就是温厚海?"

"不是,是程良昌。"

"程总?怎么会是他?"

"你别看他平时阿谀奉承,真到关键时候,还挺有责任心的。"

"你去他房间做什么?"简忆又后悔问了这句多余的话,孤男寡女晚上还能干啥。

"我们可没有天天都激情,我在帮他实施一个计划。"

"对厚海的计划吗?"

"既然说到这儿,一姐,也就不瞒着你呢。你那么聪明的小脑袋瓜,应该猜得到,当初我之所以进厚海,都是程良昌一手策划的。"

"程总真高明,原来早有布局。"

"谈不上,这帮合伙人都互相不信任,都会留一手,我就是程良昌留着的那一手。"

"那她晚上着急找你,肯定有紧急的事。"简忆眼球转动了一下。

"他需要我做一笔账。因为他之前挪用了厚海的大量资金去投资另一家公司。"龚彩云调整了一下自己的坐姿,不过语气依然很平淡。

"温厚海,他不知道吗?"

"我想可能是温总看出了账务有问题,老程才会着急找我。"

"那难道是程总对温厚海起了杀心?"

"一姐,这正是我最害怕的。"龚彩云瞪大眼睛望着简忆,掐灭了手里的烟。

"龚总,你没有参与吧?"

"怎么可能,我完全是个局外人,而且也未必就是程良昌干的,他那个家伙,城府深得很,不过我猜他也是为了保护我,不想让我知道更多的事。"

这时一个刚吹干头发的男人,出现在两位眼前,正是大下午,但是刚洗完澡。

"没有打搅二位吧?"

"孔老师?"简忆一愣,身体自然往后靠了靠。

"简忆,我正找你呢。"孔布端着自己的拿铁咖啡,细细地品了一口上面的奶泡。

"有什么事吗?"

"非常重要的事，我想问问昨天出席典礼的名单。"

"我发你手机吧，名单有问题吗？"

孔布一边查阅着名单，一边低着头喃喃自语。

"我在想有一个人本来不在名单里面，后来又临时加进来，有没有这种可能呢？"

简忆和龚彩云对看了一眼。

"其实是有的。"简忆用眼睛往上瞟着孔布。

"真的吗？是谁？"孔布抬起了头，尤为兴奋。

"周羽周总，不过她是因为自己出差取消了，就来参加典礼了。"

"原来是这样。"孔布又试探性地看了看龚彩云。

"这位是龚彩云女士吧？"孔布想起她独特的南方口音。

"你好，我也叫你孔老师吧。"

"关于昨天晚上，大概在9点，我听到了在别墅区某个女人在和男人争吵，我想正是你。"

龚彩云看着她并没有说话。

"所以，你有些话没有告诉我们。"

24

咖啡

简忆从小的志向就是留在大城市，为此她可以付出比其他人更多的努力。

她上班比公司任何一个人都早到，下班也比任何一个人都晚。

和她一样努力的就是汤显维，她一直觉得汤显维是自己潜在的竞争对手，每个人都有自己的假想敌。她唯一没有想到的是，汤显维会发生这样的意外。

简忆递给了龚彩云一个眼神，再用下巴指了指孔布，像是在提醒她应该把已知的信息告诉他。

龚彩云低头犹豫了一下，还是一五一十地告诉了孔布。

"都是命运的安排啊。"孔布听完这一段故事，用手指在咖啡杯边缘画了一个圈，"我一直在想，杀死汤显维和温厚海的凶手可能是同一个人，一个和他们俩都有密不可分关系的人。"

"绝对不可能，汤显维和温厚海没有任何关系。"简忆惊慌道,她感觉眼下这个男人在暗示,汤显维也是搅进了复杂的商业斗争中。

"我也觉得是,不过现在事实表明他们之间关系很紧密,至少在某个维度上,他们是一类人,而我一直在找这个维度是什么。"

"世界本来就小,谁和谁还没有一点关系,你要那么说,汤显维明明是曼彻斯特大学毕业的,非要来我们这里就职,也是奇怪了。"龚彩云插话道。

"我记得听显维说过,他以为行政岗和国外一样,是一个很重要岗位,谁知道在国内就是老板助理,打杂的。"简忆解释道。

"好可爱的海归。"孔布笑了笑。

"这就是被温厚海给骗来的,哼。"龚彩云气愤自己也是被骗进来的。

"不过入职之后,汤显维很踏实,一直都是公司最努力的人。"

"听说你和显维关系比较近,他最近有没有什么异常呢?"孔布感觉这个姑娘有一种天然的执拗,自己认定的事情很难被撼动。

"你是听严顺民严总说的吧,显维有被人威胁?"

孔布微微点头,看来这已经是公开的信息。

"确实很难想象,显维的家境相当不错,应该不可能是钱上面的纠纷。"

"他的性格如何呢?"

"是个做事很细致的人,所以他出意外的时候,我们也不太相信。"

"他有没有一些小癖好之类的？"

"洁癖算不算，准确地说有点强迫症，一个大男人这样真是让人觉得他可能是同性恋。"龚彩云在一旁插话。

"显维没有家人在这边吗？"

"应该是没有的，从来没有听他提起过。"

"那有没有听说显维回国的原因呢？"

"之前我问过，他就是说想在国内生活一段时间。"

"无依无靠的人，回国干着一份累差事，还在这边遇害了，真是令人唏嘘。"

孔布陷入了自己的沉思之中。

"这就难怪了。"孔布一口喝光了咖啡。

"孔老师是不是觉得，程良昌嫌疑很大？"

"从表面上看，确实是这样的。"

"我们要不要把这些告诉警察，之前那两位警官呢？"

"不用太想念他们，他们回局里了，不过晚上应该会回来。"

"现在我们该怎么办？去稳住程良昌，等警察来？"

"好主意，交给你们啦。"孔布将身体坐直了，下一个动作就是起身离开，"两位告辞，我得去喝我的下午茶了。"

孔布离开咖啡厅，往别墅区走去。室外的艳阳宣告下午的来临，气温逐渐升高，也许是泡了温泉的原因，也许是谜题逐渐明朗，他走路健步如飞，轻快不已。

让后面追他的人，只能喘着气追。

"那个，孔老师，稍等一下。"

孔布回头一望，还是那张虽然不怎么笑，但也让人感觉很亲切的脸，"简忆，怎么了？"

简忆微微有些喘，"有个问题想问你，现在犯罪嫌疑人锁定了吗？"

"确实有几个人选，但缺乏证据，不能定案。"

"我其实想问，唐更尧嫌疑大不大呢？"简忆脸上泛起了红晕，像是刚才跑步渲染的。

"这是个好问题，他和程良昌在动机方面，确实嫌疑最大。"

"那抓到程良昌，他就没有嫌疑了呗？"

"理论上是这样，只要程良昌认罪。不过，在我眼里，事态总不会朝着那么轻松的方向发展。至少我经历过的案情都是这样。"孔布无奈地摆了摆手。

"好。"简忆用牙齿咬了咬嘴唇。

"你是不是有什么知道的，还没有告诉我呢？"孔布一向善于察觉出人的犹豫，人犹豫的时候就处在思想与行为的抗衡状态，常常会出现不协调的表情。

"没有，我知道的都说了。"简忆那张认真的脸上，露出难得的笑容。

"应该是这样。"

"之前为了保护龚彩云龚总，所以隐瞒了一些信息，不过最终我们还是都告诉你了。"

"的确,其实想保护一个人,最好的办法就是把信息都公开。"

"明白了。"

孔布又看了看这张干净的脸,应该是会比任何人都聪明。

"哦对,周羽是住在采薇东侧的1107吗?"

"没错,她也住在别墅区东侧,因为临时加的房间,只有这样的房型了。"

"看来她运气非常好啊。"

原本别墅区的布置,普通房型8间,豪华房型4间。显然厚海的安排是给温厚海、薛展国最好的房型,其余7个人住普通间。孔布不喜欢东侧,所以住在普通间,这样满房之后,新加的周羽就只能住在豪华房型了。

"孔老师,该不会要去找她吧?"

"正是,我们约了在她院子里面吃中式点心,所以我刚才都没怎么吃。"

"周总居然擅长做甜点。"

"所以,真让人期待。"

"孔老师很喜欢吃甜食吗?"

"我吗?在事情比较多的时候会吃,你知道的,甜食能快速补充能量。"

"不过……"

"怎么了?"

"总感觉周总这次来,是带着目的来的。"

"你是说她临时加进来的行程？"

"不知道，周总是那种很神秘的人，别人搞不定的事情，她经常能一招制敌。"

"还有这样的传说？"

"有一次公司危在旦夕，因为审计部门在查我们财务，高管们都很着急，大家以为公司完了，谁知道周羽就去跑了一趟，一切都搞定了，她也从来不解释她用了什么样的方法，我们背地都叫她——羽神。"

"要这么说，我很期待和她的甜点时光啊。"

"但是，孔老师，你小心一点。"

"她很可怕吗？"

"毕竟她是那种心思很缜密、让人猜不透的人。"

"我就喜欢猜不透的人，就好像是一个耐人寻味的谜面，等着谜底揭晓。"

"好的，孔老师。"

孔布望着简忆转身离开，自己又朝着别墅区径直走去，回味着刚才的话，女人和女人之间的关系真是微妙，他也很想见一下这个神秘又厉害的羽神。

25

拼图

有的人的优雅是写在脸上，有的人的优雅是长在身上，周羽属于后者。

褪去早上穿过的一身瑜伽装，此时的周羽换上了宽松的黑运动裤和紧致的白色打底毛衣，毛衣的剪裁恰到好处，下摆让腰线显得很朦胧。一切藏在她墨绿色的大衣之下，有一种汲取目光却不讲道理的美学。

"再试一试这个？"院子里摆着椅子和条案，周羽正把面前的小桃酥推给孔布。

"原来如此，真的很好吃。"孔布并没有客气，拿起一块就往嘴里送，"不太甜，很适合我口味。不甜，是我对甜品最高的评价。"

"喜欢的话就多吃一些，房间里还有很多。"周羽指了指房间。

"这足够了。"孔布伸出舌头，舔了下嘴边的残渣，"每次度假，我都是从早吃到晚。"

"吃，让人充实。大侦探，这两天过得很充实吗？"

"何止充实，简直混乱。"孔布无奈地笑了笑，知道她所说的充实有些意味深长。

"大侦探找我，真的只是来吃甜品的吗？"周羽的眼睛直勾勾地望着孔布，若是普通人已经开始发麻。

"主要还是感谢你，之前提供的线索对我帮助很大。"

"所以现在你的疑惑都解开了吗？"

"还没，整个拼图还差最后两块。"孔布指了指盘子里仅有的两块小桃酥。

"那这一块是什么？"周羽用手拿起了一块小桃酥，顺着孔布的语境。

"是死者关系。我还是不明白他为什么连杀这两个人，这两个人貌似毫无关联。"

"至少杀温厚海的动机很明显。"

"眼下确实是，一个企业老板得罪的人一定很多。不过一个海归行政，却很难找到要杀他的理由。"

"或许，汤显维知道了一些不该知道的事。"

"这也是我目前仅有的判断了。他也许是意外招惹上这样的祸端。"

"一个行政人员总能知道一些老板的小八卦或者某些高管的小算盘，不过这并不会惹上杀身之祸。"

"所以，他也许还知道一些更大的秘密。"

"可惜啊，显维已经死了，这个秘密我们也无法知道了。"周羽咬了一口手中的小桃酥，又指了指桌上的另一块，"那剩下这一块呢？"

孔布看着她纤细的指尖，明白她指的是拼图，"杀人手法的选择。"

"手法？确实有点奇怪。"

"一个是没必要的意外，一个是太假的自杀。"

"明明都是他杀，凶手是故意挑战警察咯？"

"奇怪就奇怪在这里。如果是挑战应该会把谜题设置得更复杂一点，只是这个凶手选择的手法就像是告诉你出题很简单，请作答吧。当别人出一个微积分的题目，你知道是在考你，当别人出九九乘法表的题目，你会觉得是不是在耍你。"

"原来我们大侦探被耍了，怪不得那么有斗志。"

孔布露出了天真的笑容，"我也是容易被刺激，凶手不像是个菜鸟，是个厉害的人。"

"那孔老师迎接凶手的挑战了吗？"

"他不像是挑战我，像是一个诚挚的邀请。"

"怎么会有这种感觉？"

"不知道，就像是邀请我进入案子中来，可能我泡温泉泡糊涂了，开始胡言乱语。"

"男人，不就是喜欢对女人说胡话嘛。"

孔布看着她的眼睛，那是一双迷人的眼睛，"有一个问题，一直想请教一下周姐姐。"

"想问我为什么是后面临时加入典礼的吧？"

孔布点了点头。

"从你要来找我我就知道。我只能说我是受人邀请，有一个无法拒绝的理由。"

"能邀请到你，看来来头不小。"孔布像个孩子一样，用手指摸了摸脸。

周羽只是笑笑，没有正面回答。

孔布继续说："我是个诚恳的人，我特意来你这里，其实是为了从你的房间找到一些决定性的线索，所以刚才我一直在四处观察，看看我能找到什么筹码和你聊天。"

"失望了吗？"

"心诚则灵，我运气一直不错，我刚才在草坪里看到一个圆形的小凹槽，而槽边的泥土还有一点湿，应该就是最近才形成的。我想昨晚或者今天应该有一个带重量的东西刚好插进了泥土里，才会形成这个小凹槽的。"

"想象力不错。"

"或许我能从你的房间找到一个类似于照相机三脚架的东西，底脚或许还有一些泥土，如果刮一点作对比的话，不难分析出它曾经摆在哪儿，但是我觉得很失礼，如果贸然闯进一个女孩的房间。"

"这又能证明什么？"

"不能证明什么,这个院子有个角度能观察到温厚海那边客厅的窗户。我说过,我只是找一个和你能继续聊天的筹码,让你知道,如果不能得到你的诚恳,我用自己的手段也能获取到信息,只不过费一些周章,可能还有些损耗。"

她把脸扭向旁边,避开了孔布的视线,"你听说过狡兔三窟这个成语吗?"

"听过,形容一个人善于给自己留后路。"

"我第一次听到就很奇怪,为什么一只兔子为了防身保命,给自己准备三个窝,还要被称为狡猾呢?狡猾的难道不是抓兔子的狐狸吗?兔子才是受害者。真是可笑,这是站在强者的立场思考问题。"

"这个成语是站在强者的立场思考问题,确实不能说三窟就是狡猾,只是弱者保命的智慧。"

"我只有一个窟,不算是狡猾吧?"周羽的瞳孔突然放大了一下,"我其实也是个诚恳的人,只是别人不愿意相信而已。孔老师想知道我的身份吗?"

"你是厚海的实际投资人吧?"孔布每个字都掷地有声。

周羽愣住了几秒,随后整个人松弛了下来,"这肯定不是靠推理吧?"

"猜的,一个年轻的女孩有着神秘的能力,而看似慵懒,却每次又救公司于水火。"

"听说他们都叫我羽神,我可不神,我的神是我的老爸。这家公司是他投资的，于是我就被派来盯着这家公司了，我的身份除了温厚海其他人都不知道。当然股权里面也没体现我们家族，用了别的代持人。"

"所以，你参加这次典礼，是因为发现了什么重大事情？"

"我本来要去尼斯享受我的阳光海滩的，但是老爸得到消息，温厚海和薛展国最近暗地里正在运筹一件大事，因为把厚海弄得一堆烂账，他们想通过别的手段来脱身，所以老爸派我来盯着，我录一些温厚海和薛展国的见面视频，只是当作证据。"

"真不能低估一个会做甜点的女孩啊。"

"大侦探可别恭维我，我也是被逼成了狡兔。"

"我有一个地方想确认一下，能否把你拍到的视频给我看看。"孔布指了指里面的那个数码照相机。

周羽点了点头，进去拿出来递给了他。

孔布反复确认着，突然叫了一句："原来他也进了温厚海的房间。"

周羽欣慰地笑了笑，"很意外吧？"

"谢谢了，这给了我很大帮助。"

"不过我这偷拍的，未必能当成证据，何况画面有些模糊。"

"没关系，那是警察的事，我只在乎能不能推理出最终的答案，这是我的分工。"孔布瞬间整个人也放松了起来。

"不过多干预，也是成年人的克制。那么我们的大侦探，已经推理出凶手是谁了吗？"

"开始我觉得是他,但是没有弄清楚那两块拼图,我也不能百分之百肯定。"

"那好,等一个终会到来的机会。"周羽歪了歪头。

"你应该和我一起做直播,和你聊天很愉快,总有让人继续听下去的意愿。"孔布感慨道。

"我很贵的,大侦探。"周羽眯着眼睛,像是阳光突然射到了她一样。

"可以谈。"

说着,孔布和周羽道别,心想果然是个不好惹的女人。

人往往在心里想事儿的时候,容易被人撞见。

"孔先生,你这是从……"丁辉就像个幽灵一般,突然出现。

"我刚去找她了解一下情况。"

"了解了解。"丁辉的内心话都写在笑容上,孔布发现已经解释不清楚了。

"我……好吧。"

"小伙子,没事儿,大娘像你这岁数的时候,也那啥,你晓得不。"春姐在屋外推着保洁车说道。

孔布发现自己再解释下去,也无济于事。灵机一动,看春姐正准备打扫房间,于是岔开话题。

"春姐,你每天都什么时候来打扫呢?"

"没准儿,一般都是客人出去午餐的时候,怕打扰客人休息。"

"每天都必须打扫吗?那很辛苦啊。"

"根据客人需要，我们有请勿打扰的牌子，客人要挂了，我们也就不打扫了。"春姐突然想起了什么，"有个客人特别好说话，说不需要打扫，可省我的事了，好像就是去世那个小伙子的房间，叫汤什么。哎呀，你晓得不，那个房间真邪乎，好端端一个小伙子都能出意外，我看那个小伙子长得还挺精神的，可惜了。对了，那个警官呢？"

春姐的脸上突然又多了几份热情。

"他们应该快回来了。"孔布不想又进入相亲的话题里，看着旁边的丁辉，"丁经理，你是不是找我有事？"

"我没有……"丁辉一直都不理解"古怪先生"的逻辑。

"那咱们去咖啡厅说吧，走走走。"说着孔布就拉着丁辉往外走。

"我还有房没巡完。"丁辉很无奈地被拉走。

从别墅区回到咖啡厅，大约8分钟的路程，丁辉时不时还回头望望。

"孔先生，真找我有事？"

"当然啊，还十分重要。"

"那好，你请说。"

"那只丢了的狗，叫什么名字，多大啦？"

"叫八顿，它太能吃了，一天能吃八顿，抱来的时候1岁多，现在应该3岁。"

"什么品种？"

"就是个土狗和哈士奇的混儿，长得倒是挺大。"丁辉还念着他的巡房,"孔先生,你问这个干啥?我真有事。"

孔布冲他诡异地笑了笑:"丁经理,我就是突然想到这个了。"

丁辉一脸无奈,"你要没事,我还得去巡房呢。"

"丁经理、孔老师,你们在这儿呢。"这时,远处走来一个人影,颤颤巍巍的,很明显看出是腿脚有毛病的小邱。

"小邱,那么巧,来找我们吗?"丁辉感觉抓住了救命稻草。

"哦,是的,夏老板让俺来找孔老师和两位警官。"说着,小邱在用视线扫视周围。

"他们两位回警局了,我倒是有时间。"

"那俺带您去。"说着小邱略侧了侧身子,准备引路。

"丁经理,邀请你和我们一起去啊。"孔布笑眯眯地看着丁辉,在丁辉看来这不怀好意。

"真不好意思,我有要紧的事,得去巡房。"丁辉挤出了职业般笑容。

心里却是暗想,"我可不去,老板现在正在气头上呢,可别找我撒气。再加上这个古怪的网红,别又整出什么幺蛾子来。"

没等着孔布继续邀请,就转头回别墅区了。

孔布无奈地笑了笑,看来自己眼中的春姐,和丁辉眼中的自己,一样麻烦。

"小邱,那咱们走吧。"

"嗯,好的,跟俺走。"邱谦有点腼腆。

拼图 193

26

小事

两个人走进了建筑里面，温泉在负一层，宴会厅、早餐厅都在一层，而茶室和办公区域都在二层阁楼。所以，两个人要踏上吱吱作响的木质台阶。

"这建筑应该要整修了，之前修过吗？"

"俺不知道。"

"你才来不久。对了，小邱你觉得夏老板可能是凶手吗？"

"不对不对，俺虽然不知道凶手是谁，夏老板可是好人哪。"

"好人也经常会犯错。我见过一些杀人犯也做着慈善，人性总是复杂的。"孔布看出了他有些胆怯，连忙解释，"别紧张，我只是随便问问，假设怀疑是推理的出发点。"

"孔先生，所有人都怀疑吗？"

"理论上，推理的研究方法就是一个个怀疑，然后一个个排除。在没有完全肯定之前，所有人都会是嫌疑人。"

说着，小邱推开了一间茶室的门，桌上摆着之前的茶具，不过夏老板并不在里面。

"他应该出去了，俺去找找？"小邱有点歉意。

"没事，咱们一起等等他就行，能麻烦你帮我倒杯水吗？"

"好的。"小邱到饮水机处拿了纸杯子，接好了水，捧到孔布面前。

"额，我想要热水。"

"你们大城市人不是都喜欢喝冰水吗？"小邱笑了笑，又重新接了一杯。

孔布感觉一天严重缺水，喝得很快。

"小邱，谢谢你。"

"不客气。"虽然邱谦一直戴着口罩，但是眼神里透露着客气。

"之前你找到的金刚菩提，帮了大忙。"

"没有没有。"邱谦摸着后脑勺，对于突如其来的夸奖有些不适应。

"邱谦，你听说过最近山庄丢了什么东西吗？"

"狗丢了。"

"除了那只狗呢，就没有小偷之类的来？"

"山庄没什么好偷的，只有一些家具。"

"如果还有什么发现随时告诉我。"

"明白，孔先生。"

这时门打开了，露出夏平那张闷闷不乐的脸。

"孔先生久等了。"显然邱谦给夏平发过信息。

夏平脸上并没有挂着笑容，而是密布着乌云。

"案情有进展了？"此时他殷切地关注。

"还没有。"

"那孔先生，有什么需要协助的吗？丁经理那边都配合吗？"

"都挺好的，丁经理很周到。"

"那就好，那就好。我害怕他捅娄子。"

"夏老板，找我有什么事吗？不妨直说。"

"哦是这样，其实也不是什么大事，"夏平脸上稍微见晴，"您看酒店出了这样的大事，我听他们讨论怀疑是谋杀案件。您放心，我不是要探听你们的侦查结果，我知道你们也不能透露。我吧，就是一个做小生意的，如果真的是谋杀，能不能在媒体那边稍微把一把口风，就不要讲这事。你说要是人家知道我们山庄客人被谋杀，谁还敢来住。听说您自己也是做视频博主的，您也明白人云亦云，传播是把双刃剑。"

"原来是这样，我自然不会说，警方那边应该也不会，其他媒体有没有人得到消息，我就不知道了。"孔布理解了他的意思。

"这个就由我来搞定，其他媒体我都打点过了。他们不会深度报道，只会做一条社会新闻的简讯而已。"夏平往后靠了靠，也轻轻地呼了口气。

"那你就可以放心了，稍后我也提醒一下两位警官。"

"太感谢了，有劳您费心。"夏平双手合在一起，想鼓掌又觉得有失体统，一时手足无措。

"举手之劳而已，对了，夏老板，有件事正好要问一下你。"

"任何问题，但说无妨，我肯定是知无不言，言无不尽。"夏平显得喜上眉梢，原来刚欠下的人情，马上就可以通过别的事还上，这是他最期待的结果。

"我一直有个疑惑，汤显维和温厚海一定有莫大的关系，不知道您是否了解别的事儿？"

"你说这个汤显维，我也一直觉得声音有点熟，但是想不起来。"

"我有一张他们厚海的合影，就是这位，你看看认不认识？"说着孔布拿出了手机，从一张合影中指出了汤显维。

"没印象，现在年轻人都长得差不多，斯斯文文的。但是我之前真没见过，也没打过交道。"夏平往后仰了仰头，想看得更清楚一些。

"也许你和温厚海一起的时候，曾经见过他？现在想不起来了？"

"不大可能，我上次见温厚海还是在我的婚礼上呢。"

"婚礼？那有没有可能汤显维也参加了那个婚礼，虽然他那时候还不是厚海的员工。"

"没有，参加婚礼的大多数都是村里的人，因为太远了，我生意上朋友都没有请，不过村里的人几乎都来了，小邱，你是不是也去参加了？"

夏平看了孔布一眼,又看了一眼邱谦。

"嗯,是的,俺去年在村子里,老板。"

"看吧,村里的年轻人几乎都来了。那一场整得很热闹,小邱,婚礼上有咱们今天的客人吗?"夏平每次提到这个,都有些不自然的骄傲。

小邱摇了摇头。

"邱谦,原来夏老板和你是同乡。"孔布回想起来春姐之前确实说过。

"那当然,我一般都先帮村里人,现在年轻人普遍都缺机会,他们这样的,没学历没经验,很难混出头。都是一个村的,能帮就帮,正好我们这儿缺一个周末打零工的。"夏平转向了邱谦,补充道,"小邱还不错,除了嘴笨一点,干活还是很踏实的。"

小邱又摸了摸后脑勺,老板当着别人的面表扬自己还是头一回。

"不过也苦了你,也不知道这一档子破事能不能熬过去,现在经济也不景气。"每逢表扬就是拉拢人心的好时候。

"没问题的,俺们都跟着老板干。"邱谦此时很亢奋。

"不错。"夏平拍了拍邱谦的肩膀,邱谦下意识地躲了躲。

真是个害羞淳朴的人,孔布不禁想。

转瞬到了傍晚,寒气战胜了与它抗衡一天的太阳,逐渐把太阳逼入远山,而寒气笼罩住这孤零零的山庄。

一辆警车像是追赶夕阳般,飞驰开进山庄。

"这一天的行程也太赶了。"沙志忠下车叹了口气。

"沙队长,咱们算是效率极高的吗?"

"那必然是,主要小白的人脉好。"沙志忠半夸半自嘲。

"谁让我长得可爱呢。"白喜歪着头努着嘴。

沙志忠瞥了她一眼,心里又狠狠骂了一遍这帮重色轻友的家伙。

"咱们直接去找孔老师吗?"

"他现在在哪儿?"

"刚才联系他的时候,他说他在自己房间里休息。"

"果然,在睡觉。"沙志忠很用力掩饰自己轻蔑的笑容。

"沙队,孔老师也是很努力的。"

"他们做直播的人,晚上很晚睡,所以都会下午睡午觉,我是这个意思。"

"一会儿就能知道孔老师的成果了,反正我们这边是收获满满。"白喜自豪地拍了拍自己的笔记本,有几页已经出现了微微皱褶,可见笔墨痕迹很重。

带着这样的自信,两个人出现在了孔布的房间里,却被浇了一盆冷水。

孔布这边正穿着睡衣,一个黄色的眼罩戴在自己的脑门上。

"你们回来啦?"

"孔老师,你刚睡醒?"白喜吃惊地望着孔布。

"是正准备睡,昨晚没睡好,早上起得太早,一会儿还有事儿要忙，我想先休息下。"

沙志忠冲白喜眨了眨眼睛，像是在说"你看，我早就说过"。

"请坐吧，两位喝水吗？"孔布说着，去水壶处，倒了两杯热水，拆开山庄的茶包。

白喜有点失望，在椅子上一下瘫坐了下来，接下来只有沙志忠来打开这个局面。

"孔老师，想听听我们拿到的尸检报告吗？"

"和之前我们的推断有什么不同吗？"孔布给两位端来了茶水，自己喝着冰可乐。

"有一些的。首先是死亡时间埋下了一个伏笔，汤显维的死亡时间我们怀疑可能不准确，因为当时在下雪，所以很难判断精确。"

"也就是有可能不是凌晨发生的？"

"是的，不过根据其他人的证言，一定是凌晨发生的，毕竟晚上大家还都见到了汤显维。"

"了解，那么温厚海的死亡时间呢？"

"从勒痕的血块情况分析，要更晚一些，预计在凌晨2点—4点。死因方面，老胡给的意见和我们之前的判断一致，死因虽然是上吊窒息的，但不排除他杀的可能，只不过还不知道凶手是怎么做到的，另外汤显维和温厚海的体内含有同样的安眠药成分。所以，很可能两起案件是同一个凶手所为，他先制造了汤显维的车祸，又制造了温厚海的自杀。"

"原来如此。"孔布用舌头舔了舔还挂在嘴角边的可乐。

"另外,还有一处惊喜的发现会成为这次案件的突破口。"沙志忠特意喝了一口茶水,给了一个巧妙的停顿时间,让孔布略有期待。

"汤显维的案发现场检测出了一种衣物纤维,显示出是属于一款羊毛制品。而温厚海的尸体检测出了一些皮肤组织。"沙志忠观察着孔布瞳孔的变化,故意放慢了语速,"很巧合的是,他们都指向了同一个人。"

"是程良昌。"孔布脱口而出。

"你怎么知道?"沙志忠忍不住发问。

孔布看了看他,露出了微笑:"因为我也没闲着。"

27

推 理

茶还冒着热气，可乐却已经不再冰，屋里的暖气调到了恰当的温度，总是让人很满足。

"孔老师，你怎么猜出是程良昌的？一定是你已经有推理的结论了，我好想知道。"

"还没有，"说着，孔布把自己在这边了解到的信息也告诉了两位，"事情就是这样，我其实感觉自己在玩一次拼图游戏，因为这次案件细枝末节的东西太多了，很多看似不相关的，却像是拼图的齿轮咬合一样能紧密地联系到一起，我们就站在正中央，一块一块地把它拼完整，而我一直觉得整个图形还差两块拼图。"

"那现在你找到这两块了吗？"

孔布把冰可乐一口气干掉，开始娓娓道来："别着急，我慢慢说，这两块拼图，第一块是手法选择，第二块是死者关系。我做了一个小实验，只把手法解决了，大概就是这样。"

"孔老师，你已经知道凶手用了什么手法？"

"手法我一直知道，只是我不知道为什么选用这个手法，也就是为什么制造出意外和自杀的现场。杀人的方式有很多种。"

"对啊，明明可以很简单地解决掉，用刀子或者石块这样的凶器，犯案后自己丢到山里面也行。为什么那么大费周章呢？难道凶手是个女人？"白喜自言自语道。

"这也是推理的一个方向，我之前考虑过。"

"极有可能，一个女性不管在力气还是胆量上都输于男性，很难通过正面暴力的方式杀人，最好的办法就是先让对方昏迷，或者直接以下毒的方式进行。"沙志忠回想自己过往遇到的一个妻子在睡梦中杀死丈夫的案件。

"不过这个案件，是其他的原因。"

"什么原因？你说说看。"沙志忠斜眼瞟了孔布一下。

"还不知道。"孔布耸了耸肩。

沙志忠脸上划过一丝得意的笑容，"我知道，让我们回到原点，先梳理一下案情，首先是自燃的商务车，里面发现了死者汤显维。其次是自杀的温厚海，上吊在自己的房间里。两起案件都是伪装，一次是意外，一次是自杀，一般凶手这么做的原因当然是为了制造假象，让自己逃避罪责。可是这两起案件伪装得都很假，通过尸检报告很明显就能知道是伪装。"

"那凶手也够大胆的，在赌我们查不出来？"白喜眉毛有些微微皱起。

"不是大胆，而是无奈，这一切都是源于一场处心积虑的阴谋和一个突如其来的意外。"

"沙队长，你把我说糊涂了。"

"别着急，先突如其来从意外说起，汤显维完全就是一个局外人，破坏了温厚海原本的计划，所以他必死无疑。不过这其实也是凶手无奈情况下的选择。"沙志忠继续自己的陈述，"为了除掉汤显维，让这个碍事的知情者消失，而大费周章地制造一场车祸，我想可以为第二个案件争取时间吧。"

"想把大家困在山庄里？"白喜抢着作答。

"不需要大家，只需要困住一个人就行，他必须留在山庄上。"沙志忠站起身来，走到了座位背后。

"谁？"白喜歪着头，现在越听越迷糊，身体往后略微靠着。

"薛展国，也就是这场典礼的最终目的，先礼后兵，他们是要兵不血刃地收购展国文化。这就是我说的处心积虑的阴谋。"

"刚才是意外，怎么又变成阴谋了？"白喜刚刚从迷局走出来，又碰到另一个迷局。

"其实很简单，从谢让和龚彩云的询问里面，我推测出来的故事。"沙志忠又补充了一句，"仅仅是一个推测，不代表我的观点。不过多年的经验告诉我，这个推测可能性很高。"

"整个故事的导演是温厚海本人，他和程良昌在导演一出好戏，而最终靠收购展国文化，能彻底地扭转现在厚海的财务危机。"

"卸磨杀驴。"一旁的孔布想到早上听来的关键词。

"两位老师,你们在说什么?能不打哑谜吗?"白喜像是自己蒙着眼,而眼前两个男人在指挥她的大脑。

"从头开始说,厚海文化出现了财务危机,两个合伙人不足以承担公司的损失,而我想这家公司一定质押了他们全部的资产,才足以让他们以命相搏。两个人密谋通过收购一家良性公司来挽救现有的公司,他们看中了薛展国的展国文化,所以密谋着如何让薛展国退出商界。他们想到一招假死的做法,为此他们还提前伪造了死亡通知单,接着邀请薛展国来一个偏僻的山庄参加典礼,然后有很多目击证人都能证明薛展国和温厚海晚上都在一起,再然后温厚海凭空消失,或者死亡,一切都可以嫁祸给薛展国。等完成收购后,温厚海再出现就可以了。谁知道计划被汤显维发现了,只有杀他灭口。"沙志忠摸着自己下巴上那几根坚硬的胡须。

"人心哪!真复杂。"白喜轻微摇了摇头,"不过为什么温厚海真的死了?"

"局中局,因为程良昌自己还有小算盘,他多次挪用公司资金的事儿,如果被抓到估计足够判刑的,温厚海这人非常善于抓住别人小辫子,就像是控制唐更尧一样,我想没准儿这件事就是温厚海提出来的,然后以抓住程良昌把柄为要挟,让他参与其中。谁知道螳螂捕蝉黄雀在后,程良昌借机真的杀死了温厚海。"

"经典的诡计，阿加莎的谋杀启事，凶手与死者是同谋。"孔布听完这些，在一旁显得眉飞色舞。他站起身来，拿起桌子上一瓶酒，倒在了自己的杯子里，这是昨天还没有喝完的威士忌，拿起杯子闻它的香气，那种古怪的消毒水味。

突然，孔布喊了一句："对啊，可以这么干。"

"孔老师，果然也觉得程良昌就是凶手？"沙志忠欣慰地笑了。

孔布饶有兴致地看着沙志忠，却说："我的关注点倒不是在于凶手，而是在于手法。我刚才想到了为什么伪造自杀现场的理由。"

"这个重要吗？奇奇怪怪的凶手很多。"沙志忠有点生气。

"沙队长，让孔老师把话说完。"白喜却瞪着大眼睛期待着孔布的推理。

"之前我就在想为什么会是伪装的自杀现场呢，如果直接是谋杀现场，对于凶手来说不是更省事吗？不过，这一切如果凶手是程良昌的话，就比较合理。他们其实不是需要自杀现场，而是需要一个可以随时逃脱而又不被检查的现场。简单而言，如果死者躺在床上，倒在地板上的话，那么发现者很容易去检查尸体，来判断死因。而如果上吊的话，从远处就能知道死因，不需要走近检查尸体，这也是为了后来温厚海能逃脱做准备。至于假上吊的做法，只需要在腰上再绑一圈绳子就行，让重心放到身体上而不是脖子上。而这种绳子的弹力是很强的，又比较细。相对于上吊的粗麻绳，这个绳子又透明又细，就非常不易被发现。"

"会是什么绳子呢？"白喜眨了眨眼睛。

"就是酒店都会用的晾衣绳，隐藏在墙上，还记得我刚进温厚海房间就去了洗手间吗？就是去找这根绳子，我发现它被剪断，代表被使用了。我想这正是两个人商量好的剧本，等其他发现人走了之后，程良昌就帮助温厚海剪掉绳子，温厚海就可以逃脱，而程良昌就谎称一定是凶手把尸体扔到了山里，再往后只需要把矛头指向薛展国就行。警方那边程良昌一口咬定见过尸体，但又不知去向就行，接下来办葬礼，请媒体，让薛展国一直被协助调查，商业社会失去名声和信誉就是死亡，这等于把薛展国踢出了商业舞台。"

孔布顿了顿，继续说道："不过，这只是之前的剧本，正如沙警官所说，如果程良昌因为自己的私心，动了歹念，那么他只需要就坡下驴，顺水推舟，在晾衣绳上做一点手脚就可以了。一切都是温厚海自己的操作，假死成了真死。如果现场留下痕迹，程良昌的撒手锏无非是供出他们准备陷害薛展国的计划，而因为之前他们做过彩排和实验，所以说现场留下了他的痕迹，是顺理成章的。最终也抓不住他的把柄。"

"一定是这样，真相大白了，就是程良昌。"白喜此刻倒是显得尤为轻松，"沙队长，我们准备行动吗？不管是现场证据，还是基于推理，都直接说明程良昌的嫌疑最大。"

"对，我们有必要请一下这位程总喝喝我们市局的铁观音了，应该比这山庄的茶包好。"沙志忠举起杯子望了望这让他失望的茶。

"收到。"白喜开心地拍了拍手。

孔布和沙志忠都欣慰地笑了笑。

别墅区的屋子之间，其实离得并不远，但是因为私密性的保护，用花草、灌木、流水做软隔断，使路程要比目所能及更远一些。

"沙队，我们现在需要和总部请示一下逮捕令吗？"

"暂时还没那么急，最快也要明天才可以，我们最需要做的是稳住程良昌。"

"对，别着急，今晚先把程良昌带回市局里也行。"

"估计今晚带不走。"孔布一直跟在两位身后，他可不是一位硬汉作风的人。

"怎么？他还敢反抗？"沙志忠倒是衡量过程良昌的体格，完全不是他对手。

"倒不是，会有别的原因。"

白喜想反驳，不过她也摸不清楚孔布的路数，还是别轻易反驳。

出乎意料的是，程良昌此刻正在房间里等着侦查小组的到来，他比任何时候都要平静，开门迎接了三位像是提前预知的不速之客。

"请进请进。"程良昌的笑容，从来都分不清楚是真笑还是假笑。

三个人走进了房间，而地上摆着象棋盘，上面撒落着为数不多的棋子。

"哟，程总很有雅兴。"沙志忠笑着说。

"老百姓玩的，怎算雅兴？你们终于来啦！"程良昌的话和他的笑一样，难辨善恶。

"是的，我们去局里查完两具尸体，拿到了尸检报告。"

"嗯。"

"有人刻意对尸体动了手脚，你猜会是谁呢？"

"哦。"程良昌拿起一个棋子——"车"落在对方的"将"左侧3格，形成"将军"棋面。

沙志忠钩子一般的眼神，如雄鹰盯着猎物。

"两位警官，我知道什么行为是违法的。"

"我们就直言不讳吧，通过尸检报告显示，温厚海的指尖里面残留了某个人的皮肤组织，这正是我们来找你的原因，而且我们也已经掌握了你和温厚海在背地里的那些小动作，你有什么解释吗？还是和我们回去再慢慢聊？"沙志忠稍微调整了一下站立姿势，他准备应对一些突发状况。

程良昌望了他一眼，从椅子上站了起来，悄悄踱步到对面的一个罗汉椅上，坐下的时候整个身体是瘫软下来的，他的眼神始终还盯着棋盘，时间停顿了几秒。

"哈哈，果然这样就能赢了。"

推理

"哼!"沙志忠对程良昌这种还专注棋局的蔑视,深表不快。

"两位警官,或许你们应该多查查温厚海做了些什么,再来问我。"程良昌目光终于舍得抛开棋盘,他语气极其放松。

"那是我们的事儿,而你现在是关键犯罪嫌疑人。"

"我知道这一天总会来到。"程良昌看了一眼手机上的时间。

"我想你也做好了准备。"

"当然。"

"那你现在肯交代吗?还是回去之后我们慢慢聊?"

"根据法律,你们现在带不走我,除非我个人愿意。"程良昌的笑容很是得意。

"确实,一切都需要你的配合,不过我们正式文件马上就下来了。"

"我不是凶手,在没看到拘捕令前不会跟你走。"

"你们厚海的人都很自负,谁给你这个权利选择了?"

"当然有,只是大家不懂得用而已。"

"那行,你就耗到明天吧,结果是一样的。"

"只求今晚能睡个好觉,明天一切就会真相大白。"

"你还睡得着?我们可盯着你呢,你跑不掉的。"

"信不信由你们,我的棋还没下完呢,怎么可能会走?"程良昌表情很平淡,却总是感觉像是平静的水面之下隐藏着巨大旋涡。

"孔老师,你猜对了!"白喜非常不满意刚才的结果。

"一个在企业做到副总的人当然没那么好对付。"孔布摊了摊手。

"还以为可以顺利带他走，案子就结束了。"

"人生总有坎坷的，迈过去就是坦途。"

"孔老师大晚上熬心灵鸡汤。"

"有鸡汤，睡得香，我晚上经常看叔本华的鸡汤。"

"你这是作为局外人，要是当警察你试试看。"沙志忠感觉孔布轻松的心态完全是因为自己的身份。

"所以，我适合局外人，那些硬汉的角色还是留给沙警官吧，我从小打架也没赢过，但是跑步倒是很快，我不善于正面应对敌人，我善于迂回战术，我能通过分析和判断，找到敌人的弱点，然后一击致命。这是不同的战法。"

"这就是逃避。"沙志忠在关于正义的理辩上从不退缩。

"就像是下象棋，有的人可能喜欢吃掉对方尽可能多的子，然后轻松将军。而我选择的战术，是不动对方一兵一卒，照样能赢下比赛，怎么说呢，就是尽量付出最小的代价，毕竟我是个很懒的人，要是那样大场面的正面应战，会耗很大精力。"

"所以，你想说明什么？"

"我想说，我的做法是，找齐所有和他有关的证据，然后站在他的角度重演案情，包括每一处的作案细节、每一处的动机思考，然后拿出无法推翻的事实依据和证据，让他当场自己承认。"

"犯人会自己承认？"

"每个人都有自己的心理防线的，只要抓住最脆弱的那个点，给予致命的一击就行。"

"照这个说法，犯人既然能自己承认，可就没警察什么事了。"

"分工不同，推理是我的天职。"

"我只知道我们警察的任务是将罪犯绳之以法，维护社会治安。"

"正是如此，所以这是你们的分工，而我接到的任务只是找出凶手而已，我不会事先对任何人做有罪推论，而是抓住这场犯罪的每一处细节，还原真实发生的事情，并且如果感兴趣的话，我会去验证犯罪动机，至于凶手是谁其实并不是我的兴趣点。而确实是你们的最终兴趣点。"

"这有什么区别吗？"

"目的不一样，选择的道路也会不同。比如警察只要确定罪犯是谁，有充足的证据定罪，其实是可以接受犯罪整体过程存在一些漏洞的，因为你们的目标只是惩治犯罪，维护治安。而我的目标才是犯罪本身，出发点是不一样的。这也是推理的两个方向，你们看重推理的推，目的是追凶，让凶手绳之以法，我更看重推理的理，还原案件的真相。"

"真可怕，得亏你不是犯人。"

"如果我是犯人，小白警官肯定也不会手下留情吧？"

"当然，我是警察！"白喜的回答很干脆果敢，和她青涩的圆脸很不搭。

　　沙志忠很欣慰地看着她,原来警察不论菜鸟还是老手,正义感就是这个职业的代名词,而破案技能只是其次的。

28

直播

　　冬天山里的夜晚，出奇的静谧，不同于夏日各种鸣虫的低吟高唱，冬日的山间显得深邃而沉稳。

　　孔布叹了口气，还得被迫营业，去做不得不完成的工作。

　　把相机调到摄像模式，镜头稍微向上倾斜一点，放在稳定器上。背景只是选了简单的白墙，镜头内越简单越好，重要的是寻找最合适的光源。

　　因为光从不同角度打到脸上会呈现不同的氛围感，孔布很喜欢光在脸上出现一点点阴影面，就像意大利画家卡拉瓦乔笔下的画面，光源和阴影恰到好处，很容易让人精神集中。

　　毕竟，推理直播可不是吃饭、旅游那么随意的事情。

　　孔布试了试收麦，也即兴小录了一段，发现跟随自己多年的"伙伴们"都是不错的状态。

　　他稍微看了一眼时间，延误了6分钟，那就干脆开始，反正他也从来不是个守时的人。

"嗨,大家早,我是孔布。"当然并不早,这里的早,只不过是一种幽默方式。

"又到了孔布推理的时间,最近确实很累,说好的度假,又被迫营业。我现在正在处理一个很棘手的案件,大家一定都很感兴趣案情,我先慢慢来说这次的案情。"

"老规矩,依然不会透漏任何真实的地点、人物,我会用一些简称替代。这次案件先锁定了是连环杀人案,死者目前是两个人,就叫作汤和温吧。不过先介绍一下整体的出场人物,整个事件的背景是关于一次典礼,是老板温开的一个庆功宴,到场的都是温的公司员工,还有一个生意伙伴薛,是他竞争对手也是好朋友。温手下有副总,叫良,还有几个员工,分别是龚、简、让、尧、顺、羽。其中女性是龚、简、羽三位,他们选用了夏的酒店,夏是酒店老板,带着经理丁,还有当天住在酒店的男服务员邱与女保洁春。整个事件就这几个当事人。"

孔布顺手拿了一袋薯片,开始拆包吃起来,这是他的直播风格,每次都是边吃边说,有时候是水果,有时候是零食,很多人称孔布其实是做吃播的。

"然后事件的推进过程是,在典礼的第二天发现了第一位死者,汤。汤是被尧和简在早起跑步的时候发现的,死于车祸,整个车子都烧焦了,因为下雪的关系,官方给出的死亡时间还不确定,但肯定是头一天晚上,在汤参加完晚宴以后。现场没有留下什么疑点，无非是死亡的姿势很奇怪，还有车子周围的土很松，我们在汤的体内发现了一种安眠药的成分，叫作三唑仑，这种药品通常在服用后 20 分钟内就会进入昏迷状态。所以，初步结论是被人谋杀的，并不是意外。"

他继续吃着薯片，咔哧，咔哧的声响就像是背景音乐，孔布想拿一杯水，但是发现还没有烧，所幸就进行完这次直播再喝吧。

"和汤有利害关系的人目前还没有查到，感觉找不出他被杀的原因，不过顺透漏，汤可能在生前被要挟过，仅有这一点点线索了。第二名死者大家关注度更高了，居然是这次宴会的举办者温，他是在发现汤后，随后发现的，死于自己的房间中，做出了自杀上吊的假象。有趣的是现场布置得很仓促，而且只是乍一看上去像自杀，其实并不是。尸检报告也检测出了安眠药，所以很有可能两起谋杀是同一个杀手所为。"

孔布停顿了一下，看了一眼评论，选择性回复了几个观众没有听明白的地方，然后继续开始自己的讲述。

"温的现场就更精彩了，先是发现了让的手串，证明让曾经到访过，不过让只承认他是来偷东西的，再有就是薛也承认来过这个地方，其实本案作案手法再明显不过，无非是凶手用三唑仑把温迷晕后，把人直接吊死。"

孔布检查着评论区对于作案手法的猜想，并没有反驳，而是很友好地帮着解释粉丝们的说法，同时也将自己的排除法的判断过程做了补充。

"再往后,我们对人员都进行了盘查,感兴趣的话我也会详细和大家说一遍。"

孔布说得很细,几乎把每个人的说法都复述了一遍,涉及隐私的,以及警察推理的,也都一一舍去,当然这就引起了评论区的大讨论,人们在讨论案情的时候最有兴趣的就是猜凶手,那种凭着直觉,肯定某人一定是凶手。当然,每个人都把自己当成法官,捏着正义之剑去惩恶扬善,再也没有比这更有意思的游戏。

"大家先讨论着,我总结一下这里面的人物关系,龚肯定是和良一边的,而简也有包庇尧之嫌,让是薛派来的人,顺倒是独来独往,他谁也不会信任,不过也没让大家信任,夏和温、薛都认识,羽是个特例。那么,凶手究竟是谁呢?"

可想而知,评论区轮番出现了每个人的名字,孔布会心一笑。这个时候一般都是孔布和观众互动最多的时候,他也是靠着这样的游戏找寻解密的思路,以及缓解自己推理的压力。

推理,可不像吃薯片那么简单的,只要一片一片送进嘴里就一定能吃完,推理经常是抽丝剥茧,一层层被剥开之后,并不是真相,而又重新回到了起点。

"挨个儿猜可不是推理,要有可靠的疑点和推断。"

孔布继续划着屏幕,但评论数量比他手速更快,他只有找一些比较精彩的看一看,当然看到很多吐槽的,他也礼貌地回复一下。

"其实凶手是谁往往是最简单的问题。因为通过一些人物关系、动机和排除法往往就能找出凶手，我们经常会说在这几个犯罪嫌疑人里面不是 A 就是 B，要么是 C，三个人都盘查一遍，一定会露出马脚，不过那不是推理的魅力所在，那是刑侦手段。我更关注的是几个困扰我的问题。"

孔布拿起了旁边之前手写的纸，为了一场高质量的直播，他常常会事先准备一份大纲。

"第一，为什么汤现场会出现松动的土？第二，伪造车祸和自杀的目的是什么？第三，凶手为什么要杀汤和温，他们两个人有什么关系？第四，会不会出现第三个死者？第五，凶手是谁？"

"这些是留给我自己的问题，当然我最终还是关注凶手是谁。"

"这一条厉害了，这是来自叫作失礼者的小伙伴，他说的是凶手可能不是这几个人，而是来查案的某甲，某甲很好地伪装成了警察，因为在两起事件当中并没有人查某甲和两个死者的关系，其实某甲和汤是很多年前就认识的，而他和汤共同的敌人都是温。汤牺牲了自己，保护了某甲。"

孔布被这个神奇的逻辑带入了思考，不由得会心一笑。

"这位失礼者？现在网友们取名还真是千奇百怪啊。能分享一下你是怎么得出这样的结论的吗？"

盯着的屏幕不久就出现了三个字："时间差"。

孔布知道一般在直播频道都不会长篇大论，一是长段文字很容易以为新的内容沉底，无法被准确捕捉，二是都是网络世界，并不想太认真地回答问题。

不过，孔布从这简短的三个字里面，依然读出了背后严密的推理逻辑。

"太棒了，厉害了。谢谢你，失礼者。"

屏幕上不久后也回复了"不客气"三个字。

孔布想马上把刚才的思维火苗继续燃烧一下，没准儿能够在脑海中爆炸出新的信息，于是开始自己的直播结束语。

"有意思有意思，大家脑洞越来越开了，其实我知道凶手是谁，下期就会告诉你们正确答案的，准时关注下期的直播，那么晚安了，各位。"

孔布很满意地关掉了摄像头，望着窗外，瘫软在地上。

直播虽然是单场的直播，但是必须做成一个连续性的行为，在每次直播之后一定要挖坑，不然下次直播的热度可不能保证，孔布常说吊胃口才是流量的密码。

毫无兴趣就漠然无视，过于满足又显得乏然无味。最好的状态就是浅尝辄止，意犹未尽。和谈恋爱的感觉一样，如果都猜透了，相处又有什么意思呢？当然是在自己的可预期范围内，又能有一些意料之外的表现，才能让恋情有较长的保鲜期。

和粉丝玩着谈恋爱般的游戏，是每个网红主播都应该做的事。孔布想着自己可能把谈恋爱的小心思全用在这上了，才会总是一个人在晚上欣赏着月亮。

"哎，为什么人们总是喜欢拿月亮当作寄托呢？不就是因为漆黑之夜只有它还在，就像是最后一个希望一样，可月亮的方向就是光明的吗？细细想来，如果在黑暗中寻找微光，但又不能判定微光是火苗还是狼眼。一种来自黑暗的恐惧，一种来自光明的畏怯。该不该靠近呢？"孔布，不由得发出这样的感慨。

想到这里，他又把睡衣重新换成了出行装，能打断他睡觉计划的，只有和案件有关的事情，他有一个不得不去见的人。

套上外套，他气定神闲地走出了住处。

29 失礼

"怎么是你？"开门的是唐更尧。

"失礼了，深夜冒昧打扰，有些问题想找你探讨一下，不知道方便不？"

孔布打量着这个男人，他对于衣着极其讲究，感觉随时准备接受采访拍摄似的。此时在居室里面坐着，穿着一体的蓝色格子家居服。

"你都来了，我也没法赶你走，进来吧。"唐更尧领着他进来，坐在椅子上，递给他一瓶未开封的矿泉水，当然他自己也只喝矿泉水，"拿着，我这里只有这个喝的。"

"谢谢，其实早就想找你，不过下午去见了一个关键的人，刚才我得做直播，所以耽误了。"孔布没有拧开矿泉水，而是放在一边。

"单刀直入吧，孔老师来，肯定是有要紧事儿。"

"既然如此，我可能会有点犀利。"孔布突然瞳孔放大，一直盯着唐更尧，"今早你去了温厚海的房间？"

"你是怎么知道的？"唐更尧用喝水的动作换来了一些思考和疑惑的时间，他还不能完全相信眼下这个男人是站在他这一边的。

"周羽为了监视温厚海，拍到了你。"孔布没有保留任何信息。

"她还是那么神出鬼没。好吧，我是想找温厚海商量点事，想找他再争取一下我创业的事。谁知道他居然死了。"

"一切都很巧，就那么急迫吗？"

"当然，我也到了该自己创业奋斗的年纪了。"

"我不是说这个，我是说你发现了汤显维尸体后，立马就去找温厚海这件事。"孔布看得出，对方只是在含糊其词。不过他也预留了自己的撒手锏。

"我这人性子比较急而已，这不犯法吧？"对于孔布的咄咄逼人，唐更尧也准备开始还击。

"是这样啊，其实在检查汤显维尸体的时候，总感觉哪里不对，尸体趴在方向盘上，手握紧方向盘，应该是虎口贴紧，四指自然弯曲，正好握紧方向盘才对，而汤显维的尸体并不是，手指是松弛的状态，搭在方向盘上。很明显在未烧毁前是没有发力的，你曾经是个医生，应该也发现了这个奇怪姿势。所以你检查了尸体，而且你还发现了一个有力的证据，才迫使你马上回来找温厚海，我猜得对吗？"

"孔老师，你睡前故事讲得不错。"

"我发现方向盘前面的车架部分有一块灰比其他地方新一些，大概是一个小正方形大小，我还一直在想会是什么东西。不过我又想既然这里那么明显，应该她也发现了，毕竟简忆是那么细心的小姑娘，她今天找我，欲言又止。"

"她找过你？说了什么。"唐更尧尽力控制住自己的表情，但是眉毛却不自觉地出现了波动。

"只是关心你的嫌疑大不大，并没有说其他的事情。但是我倒是比较可惜那个知情人，虽然她没有做错什么，但是会因为包庇罪而遭到不幸。"

"你什么意思？"

"她还处于大好的青春年华，完全没必要那么做。"

唐更尧只是静静地看着孔布，这个毫无攻击性的人，却击出了致命一击，如果不是搬出简忆这样的撒手锏，唐更尧说什么也不会就范，而他自己也没有想到，居然有人能够让他牺牲自己。

原来，是这样一种感觉。可以不顾一切，只想着对方处于最有利的状态之中就好了。

等等，孔布是什么意思，难道说对方也是这么做的，简忆到最后也不会供出来她知道的事儿，哪怕这事会让她陷入不必要的麻烦之中，原来她和自己想的竟然一样。

"她究竟看到了什么？"唐更尧依然试探着孔布的深浅，靠信息差吃饭的他，没探到对方底牌之前绝不轻易显露自己的底牌，这是多年的销售经验。

"一个打火机被拿走了，和本案息息相关的证物。不要再执迷不悟了，别总干辜负别人的事。这一切事情本来就与她无关，她只是为了保守秘密，却无端卷入其中。如果你什么都不肯说的话，下一步一定是她被带回去进行48小时的问讯，我相信那会成为她人生很不舒服的一段回忆。"

唐更尧抬头看了一眼孔布，垂下头望着地面。

"我该说的已经说完了，接下来交给沙警官和白警官来与你……交涉啦。"孔布在选择用沟通还是交涉的时候，犹豫一下，还是选择了后者。

孔布拿起外套，正准备往门的方向走，看了一眼桌上的水，心想这个男人自律到有些自闭了。

"等等，孔老师。"

"怎么？"其实孔布已经知道自己肯定赢了，嘴角往上扬了扬。

"请坐吧，男人的事情不能让女人扛着，我告诉你真正发生了什么。"

孔布踮着脚走回了座位，轻快得像一只兔子。

"其实和简忆完全没有关系，都是我的问题，我想她完全是出于善意吧。那天早上简忆第一个发现了烧焦的车，我跟着她到了现场。她认出了尸体是汤显维，而我更注意到的是尸体的姿势，以及旁边有一个被烧得发黑的金属打火机。"

说着唐更尧去自己的床头柜拿出了一团用纸包着的东西,翻开一看,赫然是一个打火机。

"你猜出了他的主人?"孔布小心翼翼接过来,观摩着。

"那是一种老式的煤油打火机,切·格瓦拉的纪念款,不是很好买到,在我们公司只有温厚海才用。"

"多好的机会,矛头直指温厚海,所以你当然不会把这个机会让给别人。"

"早就该治治那个人渣,一直被他控制,好不容易我才有个筹码。早上我就想去找他,可惜发现他已经上吊了。"

"其实你应该早一点告诉警方,不然会有无辜的人替你受罪,为你担心。"

"我正犹豫呢,但是看警方怀疑我,我有点置气。孔老师难道不怀疑我吗?"

"不,因为你不是凶手。"

唐更尧望着孔布那张没有攻击性的脸,此时的信任是对他莫大的鼓舞。

"还有一件事儿。"

"还有什么?"

"就是,确定你这里没有啤酒吗?"孔布望着眼前的矿泉水发愣。

"这个真的没有。"

"那给我加点冰。"孔布总觉得缺少点刺激。

唐更尧一边取冰块，一边观察着孔布的表情变化，好像这个人对于自己陈述的事情漠不关心。

孔布发现他在看自己，笑眯眯地问道："你终于说出来了，现在心情如何？"

"如释重负，虽然我最终也没得逞，难道这些你早就知道？"

"我需要你来告诉我。"

"我差点就犯了悔恨终身的错误。"

"是的，莫以恶小而为之，更重要的是别辜负对你心存善意的人。下次试试冰啤酒，真的很爽，虽然长期喝矿泉水是克制，不过生活不就是因为长期克制，偶尔放肆才可爱嘛。"

"谢谢你，孔老师。"

孔布笑嘻嘻地和唐更尧握了个手，然后这次真的要出门，在临走的时候扔下一句话。

"我走了，失礼者。"

唐更尧先是一愣，然后微笑着点了点头。

深夜无皓月，孤星三两颗。

孔布这一晚很劳累，但疲惫并没有让他入睡更快，安心入眠成了最大的奢求。突然，一阵喊叫声传来，无奈他只能与床分别，像是与恋人分别一般痛苦。

他心想，相比自己深夜造访，扰人美梦更是失礼。

"孔老师，孔老师！"伴随着吵叫还有一阵无序杂乱的敲门声。

"哪位？"孔布披上一件外套，跑去开门。

开门一看，那张干净的脸逐渐清晰。

"原来是简忆，怎么了？"孔布努力睁开眼睛。

"出事了，程良昌——他死了！"简忆有些气喘，勉强用手抬起指着东侧的方向。

"你等我会儿。"孔布反弹式冲回卧室，开始穿衣提鞋。

不一会儿工夫，就简单收拾出来。

"咱们走！"两个人快速奔向程良昌的住处。

匆忙的步伐让心跳的更快。

"什么时候的事情？"孔布边跑边问道。

"就在刚刚，龚总说他不放心程良昌，就想来找他。但是一直联系不上，就喊我陪她一起去找他。"简忆喘了一口气，接着说，"我们就一起来程良昌的别墅，谁知道一来就看到程良昌吊死在了门口。"

"了解。"孔布有职业般的冷静。

"这太吓人了，像是诅咒，和温总一样的死法。"

"哪有什么诅咒，都是人为而已。"孔布很难得如此严肃。

两个人已经到达程良昌的住处，正如简忆的说法一样，仿佛又重演了早上的情景。

门口的龚彩云肿着双眼，看来刚才已经经过一番梨花带雨。而一旁的严顺民的表情却有着说不上的感觉，几分得意，几分哀怨，几分陶醉，看来也是被龚彩云叫来陪她的。

失礼

"一个多事的冬夜，谁帮我给小白警官打个电话？"

"我来。"简忆掏出了手机。

孔布看了那边悲伤的男女，"老严，帮忙照顾好彩云小姐姐，你们二位先离开这里。"

"保证完成任务！"严顺民说完扶着龚彩云就往咖啡厅走去。

不一会儿，简忆挂了电话，"孔老师，白警官说她们在来的路上，马上就到。"

孔布点了点头，"你先回房间吧，别留在这个诡异的地方。"

简忆回应了一句好的，也追着龚总他们走了。

接下来，现场只剩下孔布一个人了。

他踱步到尸体旁，观察了一阵。

不知道为何，他突然朝着尸体不自然露出了微笑。

30

猜疑

时间有时变得可怕,扯断了风筝的线,让事件朝着不可预期的方向发展。

现在已经死了三个人,第二天早餐时候,厚海文化的各位都已经按捺不住内心的狂躁。

"程良昌这个倒霉蛋,怎么会死?"严顺民总是习惯做第一个打破寂静的人。

"邪门,居然都死三个人了!"谢让的语气里有些慌乱。

众人坐在咖啡厅一个大桌前,他们把两张离得近的桌子拼在了一起。大家都阴沉着脸,感觉像是画面出现卡顿一样,每个人的动作都很缓慢。

"你们不吃吗?"唐更尧看了看都不动的各位,直接拿起了筷子,开始吃。

"唐总,你就不怕这里面有毒吗?"严顺民感觉这人不跟着自己的话题节奏走，有些不爽。

"毒？"

"凶手已经杀了三个人了，看这节奏是要把我们都杀了。"

"杀我们？毫无意义。"

"万一他丧心病狂呢？"

"那也吃饱再说。"唐更尧并没有停下来的意思。

"唐总，我记得你也有嫌疑。"严顺民用狐疑的眼神打量着唐更尧。

"千真万确，我应该是在座的里面嫌疑最大的。我和温厚海发生过争执。"

"反正不是我，我的嫌疑已经被解除了。"谢让小心翼翼地看着大家的眼神。

"谢总，这可说不准，万一你给凶手提供协助呢？量你也没胆量杀人。"

"老严，你这……乱咬人。"谢让感觉自己错爱了严顺民，之前明明觉得自己是他这一边的。

"别生气，只是讨论，刚才说好大家开诚布公，直言不讳的。"严顺民感觉开始了自己的侦探游戏。

"再来，就是一姐，可是高才生，论能力比我们做事都细致，表面看来有些害羞放不开，说不定也是装出来的。"

"严总，那我的动机呢？"简忆本不想搭这个茬，但无端之火已经烧到她身上了。

"说不准，年轻人的爆发力总是很强。"

"这是几个意思？"

"年轻人不在乎后果，没准儿一个小小的摩擦也能酿成巨大的后患，就那天在酒桌上，程良昌嘴也没个把门的，没准他私下还做了其他过分的事儿呢？而受害者不知深浅，可能就犯下无法挽回的过失。"

"你血口喷人。"简忆懒得争执下去，继续玩自己手机。

唐更尧补充了一句："那照你那么说，龚总最有机会，他的动机也是最明显的，一开始是为了帮助程良昌，后来一气之下除掉程良昌。"

龚彩云没好气地瞪了唐更尧一眼。

严顺民无奈地笑着说："唐总，你找到了窍门，的确有这个可能。"

"我的嫌疑也很大。"一直没说话的周羽，看着几个大男孩玩到了兴头上。

"当然，周总可是全公司最神秘的人。"

"女人都很神秘。"

严顺民突然想起了某件事，"对了，别忘了有的人为了杀人可以造一个建筑，山庄的老板夏平也很有可疑。万一这个山庄到处都是机关呢？夏老板可以不费吹灰之力。"

简忆没好气地吐槽道："越说越离谱了。"

严顺民感觉自己状态越来越好，继续说："我只是帮大家多想一些,还有那个孔布,最好的猎人往往都是伪装成猎物,像凶手这样的也会伪装成侦探。"

龚彩云忍不住回应:"你严顺民的嫌疑才是最大的。"

"快说说我为什么?"严顺民很高兴又有人加入他的侦探游戏。

谢让补充道:"你最有动机,因为你做这一切就是为了嫁祸给程良昌,然后再把程良昌杀了,来个死无对证,这样搞得程良昌身败名裂,因为你嫉妒他。"

说完,谢让羞愧地看了一眼龚彩云。

严顺民倒显得有些得意,"男人哪,为了女人什么事情都做得出来。"

龚彩云打断了他的自恋,"闭嘴!"

在他们讨论得正激烈的时候,从门口走进来一男一女。

"各位到得挺齐。"沙志忠先和咖啡厅的众人打着招呼。

"严总,猎人来了。"唐更尧笑着挖苦严顺民。

"什么?"

"两位警官,我们刚才在开玩笑。"简忆站了起来,将整桌的发言权接力过来。

"挺有闲工夫。"

"不然怎么办,公务员效率也低。"唐更尧很不以为意。

"想效率高的话,应该就请你回去协助调查了。"

"悉听尊便,随时能走。"唐更尧知道最多呆48小时。

"两位消消气，屋里暖气也太足了，有点热。"谢让站起来，招呼警官入座。

白喜和沙志忠选了他们身边的一张桌子坐下。

简忆主动走过来，询问怎么没有看到孔布，白喜回复道，孔老师马上就来了。

严顺民这时又恍然大悟一般从椅子上跳了起来，"对了，还有一种可能，就是并不止一个凶手，也可能是多人作案，比如就很可能是咱们公司一个人和外部某个人私下勾结，这样里应外合，互打掩护，才能杀人效率那么高。"

"你又在胡扯。"龚彩云明白他有意针对简忆。

简忆走回了自己座位，示意龚总不用理他。

"好热闹，大家都在讨论什么？"孔布从外面走了进来，脸上堆着笑容。

"讨论谁是凶手，严总说杀手也经常伪装成侦探。"谢让越往后说声调越减弱。

"原来在讨论我。"孔布用手指了指自己的鼻子，"说说你的推理过程。"

"当然有。"严顺民像是抢过了主持人的话筒一般，声调比他们都高出一截，"因为太巧合了，怎么我们做典礼，你偏偏提前一天到？而且每次出现死者的时候，你刚好就在附近，况且你一直把握着调查的方向，我猜如果你要是凶手，很轻易就能把自己洗白。"

孔布笑了笑并没有驳斥他，自言自语地说："有道理。"

严顺民倒是没想到，他会是这样的回应。本来想和辩论赛一样，等待对方反驳自己，再根据对方的论点找到漏洞继续回击，谁知道对方认可自己的观点，一下打断了自己的辩论节奏。

孔布走向了沙志忠和白喜的桌子，并没有坐下，而是用手撑着椅背，娓娓说道："大家既然到得那么齐，有些事需要通知一下各位。"

厚海的各位都纷纷看向孔布这边，虽然唐更尧继续吃着自己的早餐、周羽看着自己的指甲油，不过他们注意力也都在孔布这边。

"我已经知道凶手是谁。"孔布自信地宣布。

现场气氛一下炸开，所有人都在交换着眼神，连白喜和沙志忠也对这个突如其来的情况感到惊慌不已。

"是谁？"严顺民站起来，用略带质问的口吻。

孔布拉开椅子，坐了下来，铺开了餐巾。

"抱歉，还不能说，但是请各位配合我一下，中午 12 点的时候来这里，到时候我将会揭晓答案。"

"你这人，知道凶手却不说，我们可是都有生命危险的。"谢让有些愤怒。

"放心，凶手不会再杀人了，他已经完成了任务。"

"这是什么意思？"

"总之，到了中午，就会揭晓。"孔布开始摆动桌上的调味瓶，看是否都齐全，显然接下来他要享用自己的早餐了。

"哼，无聊。"唐更尧一把推开椅子起身走了。

厚海的各位也陆续离开了，这顿早餐他们吃得可不开心。

咖啡厅就只剩下调查组的三位。

沙志忠和白喜都充满着疑惑与焦虑，不同的是，沙志忠碍于面子不想提问，而白喜则是思考什么时机和用什么方式来问更合适。

就在内心纠结一阵之后，白喜旁敲侧击地问道："孔老师，那个程良昌是自杀吗？"

说完之后，白喜就后悔了。她意识到自己又露出新手的姿态，很显然接二连三的事件发生，如果这种情况下，还是自杀的可能性实在太小了，很明显这是一次连环杀人案。但是自己又找不到更合适的话题来开口。

"不可能，一定是连环凶手，"白喜懊恼道，"不过最有嫌疑的人居然死了，真够讽刺的，从犯罪动机和作案时间程良昌都非常吻合，而现在他用自己的尸体和我们道别，像是在嘲笑我们。"

一旁的孔布和沙志忠此时的动作非常同步，一个搅动着自己的咖啡，一个细心给鸡蛋剥壳，像是在完成一个精细化的科研实验一样，动作很细致且小心。

"你们怎么都不说话？"白喜有点生闷气。

"该说什么？"沙志忠很无辜地看了看她。

"案情啊，接下来咋办？咱们不能傻坐着吧？"白喜毫无胃口，面前的吐司还是最初的形态。

"听孔老师安排。"沙志忠摊了摊手。

"沙队长，咱们不能啥也不干，而且孔老师的做事方法和我们有很大差别，他的目的只是找出真相，他很可能并不在乎一定要抓捕到凶手，我们之前能完全听他的，但是我感觉现在不能按照他的节奏来。"白喜想起来昨天晚上和孔布的对话，自己也和他在破案手法上产生了分歧。

"人家手上握着底牌，谁让我们还不知道他的牌。"沙志忠显得有些生气。

"你们到底在搞什么？"也不知道哪来的感觉，沙志忠像是和孔布站在了一边，让白喜觉得自己多余。

"别着急。"孔布眯着眼看着白喜，吃掉鸡蛋。

"怎么能不着急，凶手都连着杀了三个人。孔老师你到底真知道还是假知道？"白喜把腿从椅子左侧挪到了右侧，有意让自己身体背对着孔布。

"错，凶手只杀了两个人，程良昌不是他杀的。"

"那，还有一个凶手？"白喜不禁从椅子上跳了起来。

沙志忠也停下了手上的动作。

白喜问道："到底是谁杀了程良昌？"

"是我。"孔布露出一个神秘的微笑。

31

自 白

"尚山去"山庄从早晨到中午的这段时光过得尤为漫长。

东处的暖阳,开始鼓起勇气露出自己真容,光线从屋檐的缝隙中,从地面的斑斓处,慵懒洒落。而不受欢迎的阴云密布在深处,帮太阳完成了这羞答答的亮相。

这几个小时是十分难熬的,每个人都焦虑地等待结局。

约定的时间已到,就像是奔赴考场一样,所有人都被紧张情绪裹挟着出现在咖啡厅,规规矩矩地找到自己的考试座位,早餐时的激情满满荡然无存,大家都等待着监考老师的入场,外表看着镇定自若,内心却是波涛汹涌,就那么寂静地让时间走到最重要的时刻。

"他也来了?"简忆用手肘碰了下龚彩云,示意她看左侧。

龚彩云看了看那边,一个中年人坐在靠墙的位置。

"那是谁啊?"

"这山庄的老板,好像姓夏。"简忆给龚彩云介绍道。

不一会儿,山庄的经理丁辉走到那个男人身边去,从丁辉的谄媚笑容和弯腰角度就能看出那个人是老板。

"看来他也和案件有关?"龚彩云回想起早上严顺民的话,忍不住也看了一眼严顺民。

此时的严顺民倒是比平时安静了很多,也不知道在盘算着什么。

"不光是他,展国文化的薛展国也在那里。"简忆用下巴指了指他们右侧的一张桌子处。

"他们咋都来了?"龚彩云悄悄看了一眼,确认是薛展国。

"怪不得孔老师要等到中午才说,看来是要等所有人都到齐。"简忆飞快转动着自己的大脑思考,时不时瞟一眼门口。

中午12点还差5分的时候,孔布和两位警官同时出现了。

他们和众人分别点头示意。

"孔老师,我们都到齐了,该你揭晓谜底了。"唐更尧催着孔布。

"别着急,还差一位。"孔布示意着门口。

这时,从门口慢慢走来一个人,中等身材,当他从身材轮廓到面部逐渐清晰的时候,龚彩云惊叫了起来。

"啊!程良昌!"

所有人都惊呆了,这正是早上"死了"的程良昌。这时候却活生生地走到了大家面前。

程良昌走到一半，停下了脚步，他正犹豫，自己坐在哪一桌更合适，踌躇一会儿，还是坐到了沙志忠的旁边。

孔布介绍道："大家别惊慌，程先生是活人，刚复活的。"

"你这不是耍我们吗？"严顺民有些气愤。

"过分，把我们当猴子耍。"谢让跟在他后面搭腔。

"别着急，解释会让大家满意的，不过程先生要不要先分享一下他和温总的一些小秘密呢？"

孔布说着，眯着眼睛看着程良昌，后者显得有些愧疚。

程良昌一直在员工面前耀武扬威，又一直在温厚海面前点头哈腰，而哈腰和扬威的平衡让程良昌可以内心不至于沦陷，他一直觉得自己角色重要，是老板和员工之间重要的黏合剂，是整个组织不可或缺的一员。

直到温厚海的死打破了这种平衡，说来也是奇怪，他曾经幻想过自己不再受人约束，真正地成为组织里的主导者，而现在他才知道温厚海其实是自己的避风港，当他暴露在众人注视之下，自己是没有这份勇气承担这份压力的。

绝不能小看压力，直到自己死过一次才发现，原来能平稳活着就足够幸福。

此刻他不再藏着那些让自己有层级优越感的秘密，也不再利用信息差来制造自己的地位。他只想把自己这些年的压力通通地释放出来。

"各位很不好意思，现在才做好了心理建设，能把我知道的都告诉大家,其实大家应该都很疑惑现在发生的这一切,老实讲,我也只知道一半而已,只是比各位知道得多一些,事到如今我想把我知道的都告诉大家。"

程良昌没有抬头看其他人的表情,他也能觉察出此刻惊奇的气氛。

"我承认。其实,这一切是我和温总一起设的局。"

厚海那一桌发出了几声惊叹,所有人又都没有插话,等待接下来的说明。

"这个局大概是在一周前我们才想到的。"他抬头瞟了一眼,动作很细微,"大家可能不了解,厚海文化的账面已经到了危急时刻,你们打工人其实是最幸福的,我们合伙人每天如履薄冰,看着那些数字,每天都战战兢兢。"

龚彩云在旁边咳嗽了一声。

"没事,彩云,事到如今必须要告诉大家。"程良昌难得目光充满着友善。

"原来你早就知道,龚彩云。"严顺民有些不高兴。

"我知道什么?我就是个管账的!"龚彩云盯着那个质疑他的人。

"她不知道。"程良昌语气特意重了一些,"整件事情都是我和温总规划的,我们不能看着企业一步一步消亡下去,说句不好听的,你们可以换一家企业继续打工,但是我们不可以,我们得和企业共存亡,企业没了,我们也就完了。"

"英雄气概。"周羽像是从上扬的嘴角挤出来一句话。

程良昌没有回话,继续说他的故事,"我们的计划是必须收一家行业内公司,然后把自己的坏账藏起来,年前还有几笔明股实债和小额担保融资,我们都需要一个公司来装,而这个公司规模要和我们公司相当,并且业务上最好有交叉,那样我们就可以很方便地通过股权操作来优化债务结构。"

薛展国从嘴边挤出一句话:"所以,这家公司就是展国文化咯?"

程良昌头微微一侧,笑了笑,"我们也很无奈,其实我们观察了身边一圈的公司,又需要主营业务相类似,又需要规模相当,还得是资产健康、投资谨慎的公司,才方便去做一些财务美化,我只能说薛总,咱们很有缘分。"

唐更尧手撑在椅背上,"看来,让我去抢展国的年度大单,也是这个计划中的一环。"

"这个嘛,我们布局那单也小半年了,当时还没有想到要渗入展国的股权结构,所以一切都是命运的安排,总有一种冥冥之中的力量推着我们往前走。"

薛展国摇了摇头,"我自己都没想到,那么早就被盯上。"

唐更尧感慨道:"这残酷的商业丛林没有永远的敌人,也没有永远的朋友。丛林里谁是兔子,谁是野狼,连丛林自己都分不出来。"

程良昌看大家不再打断,继续自己的讲述,"当确定了展国之后,我们就在策划一个小事件,这个事件必须把展国推上舆论的风口,我们才有机会一举把展国拿下。不过我们也并没有想要伤害任何人,只不过需要委屈一下薛总。"

薛展国苦笑道:"原来请我来参加典礼是假的,想吞掉我公司算是半真半假,弄这么一出闹剧,想让我身败名裂才是真的,你们可真是处心积虑。"

程良昌并没有反驳他,只是抿了抿嘴,表示一些愧疚,"最开始的剧本是当天晚上约薛总一起泡温泉聊一聊收购公司的事儿,温总会故意引起一些争执,让大家看出他们的对话很反常,这样很多人可以证明两个人的矛盾。我也顺理成章地成为目击证人之一。"

严顺民扬了扬眉毛,回想自己确实就凑巧目击了。

"只要有了目击证人的证明之后,死前的两个人接触就是客观存在的。再之后我们要解决两个问题,第一是让温厚海在众目睽睽下死去,第二是让老薛留下很大的疑点。这确实比较伤脑筋,时间不允许,我们也是准备很仓促。原先我们的设想就是在房间里留下薛总的痕迹,再让温厚海的自杀成为他的心病。"

"啪嗒",龚彩云不小心碰倒了杯子,让大家紧张的情绪稍微缓解了一下。当然这种压抑的气氛之下,很少人注意到已经诡异般寂静、偌大的咖啡厅只能听到程良昌那沙哑的嗓音,绝对不好听,但此刻却犹如磁铁一般吸引着大家的注意力。

磁铁继续发力。

"当然不是真的自杀,我们的计划是,安排温总躲起来,当然我们也提前破坏了山庄的摄像头,肯定会看不到温总提前下山的,他会躲进事先安排好的安全屋,消失一段时间。这就成了杀人藏尸,而且重大嫌疑一定是薛展国。接下来的事情,就还需要媒体朋友们的帮忙,《春秋商业内参》我们都已经联系过了,一篇关于'抢单引来的杀身之祸'的稿子会出得很快,再和之前雅豪的合作联系上,会是一个不小的新闻。再然后我们办一场葬礼,动静弄得越大越好。"

"你们这么做是为了搞垮展国文化,根本就是用心险恶。"唐更尧双手环抱在胸前,身体微微后倾,将头扬了起来。怒目横对程良昌,像是自己的瞳孔里能放射出照妖镜一般的光芒,逼着对面的小鬼显露原形。

程良昌没有回应他,只是嘴角拱出一道弧线。

"程先生,你的小秘密分享得太笼统,我想你隐藏了很多细节,当然讲故事不是你的专业,整个故事交给我来讲吧,你们这一步棋是一举三得。绝不是就收购一家公司那么简单。"

程良昌此时脸上浮现莫名的尴尬,沙志忠的话像是刀子戳开了假象。

"第一,借尸还魂。温厚海绝不是想救公司那么简单,公司最近的债务,他都签了无限责任担保,最终都会殃及他自己。用一场死亡来抵销债务,然后温厚海应该会在海外用另一种身份过着衣食无忧的退休生活。不知道温太太和温公子是不是提前已经拿到了国外身份？"

"对，就在半年前。"简忆回想起来，还是自己帮温厚海家人跑的移民手续，但是没想到原来能和如今的事儿串联上。

"第二，偷梁换柱。当然所谓的公司收购确实是真的，不过薛展国先生的展国文化真的那么容易就被接手，我想你们已经渗透到公司内部了吧，程良昌近几日还和展国的几个股东见过面，我想温厚海其实并不知道，而厚海背后的大股东更不知道，所以周羽才会前来。你们这不是想收购展国，而是想毁掉厚海，把展国变成下一个厚海，吃展国的盈利，而程先生顺理成章就是展国的总经理了吧？"

程良昌刚才的气定神闲像是被迎面一巴掌彻底扇掉，手上不时有些不安分的小动作。

"第三，暗度陈仓。男人喝顿酒就能成兄弟，不过程先生你能答应帮温厚海是因为哥们儿情谊。你在公司有挪用公款的记录吧？到现在这个窟窿还没有补齐，我猜温厚海就是以这个为要挟才让你入局的。而且如果这事儿办成，这个窟窿也能够填上了。是不是彩云小姐姐？然后温厚海就顺理成章消失了。"

龚彩云额头渗出了细细的汗珠，她感觉自己也瞒不住这层关系。

薛展国倒吸一口气："你们真阴险，哼，一举三得，可惜诡计没有得逞。"

谢让在一旁唏嘘道："这一切安排得很好，只是出了意外。"不过谢让又在想，这样也好，不管自己是属于展国还是厚海，都是比较安全的，也不用重新站队了。

程良昌又回想起那个吊起死尸的场景，脸色一下铁青，"没想到温厚海真的死了！他怎么就死了！事情闹大了。"

"你悲伤的不仅仅是这个，而是他死得还不是时候，你设想他能死在国外就好了。哇，一切的剧情就十分完美了。"沙志忠比画出了一个胜利的手势。

"这个，我和老温可不是一两年的交情。"程良昌的正气凛然显得有些突然。

"哼！鬼才信。"唐更尧在一旁非常气愤。

"少套近乎，还老温呢，你人前卑躬屈膝，背地里指不定怎么骂他呢。"严顺民对于这种突然亲密的称呼极为敏感。

"我没有想到，他以这样的方式离开了。我们一直都是战友。"程良昌没管观众的喝倒彩。

"凶手就是你。"严顺民言辞激愤，不想再看那位演员的表演了。

32

真 相

"我如果要杀他，比你们都方便，而且也不会出现那么大的破绽。"程良昌冷笑道，他从来都觉得自己的恶不需要掩饰。

"那是你的托词，你有不在场证明吗？"严顺民的头偏向了一侧。

"不需要向你证明。"程良昌特意加重了语气。

"还有那个薛展国，你们串通一气的。"

"老薛嘛，我还算了解他。他那么抠的人，杀人对他来说代价太大了，他万事都选择息事宁人，我了解他。"

薛展国也感觉称呼突然亲密了，"我是不是该感谢你，如此信任我。你们啊，害得我好苦，而温蛤蟆死的时候，我还感伤了很久，真是我本将心向明月，奈何明月照沟渠。你们两个臭水沟脏得很。"

程良昌恶狠狠地看了薛展国一眼，"彼此彼此，别以为我们不知道，你也不是省油的灯，你派了一个眼线来我们公司，想偷我们的报价单和合同吧。咱们只是两只野兽在互咬而已，这种时候只有零和游戏，没有互惠互利。"

"你早就知道？"薛展国眼神故意不往谢让的方向瞟。

"当然，不然你以为他为什么能升那么快？我们只不过将计就计而已，而且如果不是让你的眼线觉得有机可乘，你也不会那么容易进入我们的圈套，昨天晚上他来温总房间偷底价单了吧？"

谢让在一旁避开了众人的眼神。

"许你们抢我的大单，就不许我看看你们的报价吗？"

"很合理。"

严顺民有点不耐烦了，"说了那么多，其实你也不知道温总被谁杀了？"

程良昌沉默了2秒，像是在犹豫该不该说接下来的话，"我并不知道。"

说完，整个人瘫软在椅子上，一口气喝完了杯子里的水，是他最讨厌的柠檬水，但此刻也无比畅快。

"但是程总，你为什么又死而复生了？"简忆温柔地问。

"这就要问孔老师了，问问他都对我做了什么。"

孔布笑嘻嘻地在一旁，"我只是让他好好睡了一觉，这是我擅长的。"

程良昌有些羞愧地看了眼孔布，"我只知道，等我醒来的时候已经是第二天早晨,躺在我的床上,眼前站的人正是孔老师。然后他告诉我,他拿我做了一次实验,和凶手作案手法一模一样的实验。"

"你这个怪人,扰乱侦查。"沙志忠其实也是上午才知道孔布的闹剧,越想越来气,这样整个侦查的节奏全掌握在孔布手里。

"当时我也特别生气,后来听了孔老师的解释,就释然了,因为如果不是他,我可能已经死了。"

"天哪。"龚彩云发出了一声尖叫。

"对,因为我已经被凶手盯上,成为第三个目标了。"

窗外吹起了一阵风,冬天的风声是低沉而具有穿透力的。

"孔老师,这究竟是怎么回事?"简忆问出了大家心里的疑惑,像是一道数学题大家连题面都看蒙了,只等着学霸的作答。

在场的人目光都齐聚在孔布身上,若是曾经的孔布会极为不适应,他更喜欢独自浸润在角落里,而这些年他努力地走向人群,现在已经不恐惧这样的舞台光,他能慢慢地自如流利地把自己的观点告诉给各位,时不时还能调动一下现场情绪。

"真相其实很简单,但是被弄得有些复杂,先从三个礼开始吧。"

孔布顺势站起来,走到了程良昌的身后,扶着他的椅背,他知道这个动作像是惊堂木一样,把大家带入全新的场景之中。

"怎么什么都是三个?"严顺民挠了挠自己的腮帮子。

"嘘,他们讲故事的人的毛病,只说三个,大家记得住。"谢让小声凑到他耳边说。

孔布继续自己的讲述："首先,第一个礼,是老板的葬礼。刚才程良昌和沙警官其实也还原了真实的案发情景,从一开始这个所谓的葬礼就是温厚海和程良昌创造的局,他们希望通过借由让温厚海假死,程良昌做证,而薛展国成为嫌疑人。如果不是意外,我们所有人都是这个葬礼从筹备到举办的见证者,甚至还事先伪造了葬礼邀请函,真的很有仪式感。"

程良昌眉间挤出了尴尬的神态,也觉得死亡通知单的创意有点过火。

"不过让程良昌自己都没想到,明明是假死,弄个葬礼就可以走走过场,怎么就真死了。我想你原本计划是第二天早晨在温厚海的住所附近等着他的信号吧?我已经知道晾衣绳伪装上吊的诡计,如果顺利的话,你就可以去帮温厚海一起逃脱,你们原本就计划这么干,然后故意不带手机的你,才可以找一个很好的借口,说没有第一时间通知大家。只不过第二天早晨你一直没有等到信号。"

"怪不得早晨联系不上你。"龚彩云想起了昨天早晨一直找不到程良昌,最后在门口碰见他。还纳闷他为什么不带手机。

"这只是原先的剧本,而凶手先生很不巧发现了这个剧本,他让这场闹剧变得更复杂了一些,而且他比程良昌和温厚海的剧本更加高明。原先的剧本,只是让大家都怀疑薛展国,让薛展国名声受到影响,这只是一次欺诈事件。而凶手先生的剧本,是一次谋杀事件，真正地杀死温厚海，如果照着原先的剧本，温厚海真死了，很明显就是他的合作者程良昌做的。程良昌顺理成章地成为最大嫌疑人，再杀死程良昌，让程良昌再也开不了口申冤。这就是一次完美的谋杀。"

"局中局，戏中戏，谋略家。"周羽插了一句。

"所以，凶手继续沿用了原先剧本里的杀人手法，只不过他的剧目还没有演完，他还要进行第三次谋杀，让程良昌人间蒸发。当我知道程先生会是目标之后，就开始了假死的布局，让凶手以为程先生的死是个意外，我猜想凶手最希望的结局是程先生消失，长时间地消失，让警方投入很多资源去寻找的那种，最后才发现尸体。不过如果他在自己房间死于意外，被断定为畏罪自杀也是不错的一个结果。所以，有的时候死亡就是最好的生存，我很抱歉在情急之下只能委屈一下程先生，采取这种保守的防御举措了。"

"委屈他？他可不是什么善茬。"薛展国还在耿耿于怀。

"我明白了，孔老师要快凶手一步。"简忆好奇地问。

"我在和凶手赛跑。关键就在于我需要让假死的程良昌快一点被发现，我需要前后两个目击证人，先是有证人证明程先生在世的时间，当然就是沙警官和白警官，而再之后就是我投放三唑仑的时间，其实就是在昨晚会面的时候，我需要一个很关心程先生的人去作为第一目击者，当然龚彩云是个最佳人选。然后消息很快就会在山庄这个小圈子传开，接下来我只需要支开身边的人,用一样的方法,把程良昌顺利放下来,告诉他我的计划就行。"

"也是个奇葩,为了找出凶手,所以你的做法就是先凶手一步杀了受害人咯。"严顺民疑惑了一下。

"孔老师常说,他的专业是推理,可不是破案。破案是我们警察的事儿。"身为警察的白喜在一旁若有所思地点了点头。

"没错,简单来说,破案的最终目的是找出真凶,而推理的最终目的是还原案情。两者之间有很强的关联性,但是从本质上还是有不小的区别,不过殊途同归,我们还是同一条战线。其实,我一直在内心里扮演凶手,如果我是凶手的话,我应该怎么去做。当进入一个案件侦破过程中,就像是把手伸向一个未知的树洞一样,你们想揪出树洞里面的妖怪,解除危险,而我的兴趣是挖出树洞里的蜂蜜。"

"孔老师,这那究竟是怎么回事?我们大家像是被凶手玩弄于股掌。"唐更尧迫不及待地追问。

"那就要说第二个礼了,公司的典礼。想必现在大家都知道这场典礼看似是临时安排的,其实是精心计划的,包括这个山庄的选取也并不是偶然,而出席典礼的各位也各有自己的目的吧。"

"所以凶手先生更是如此,这次典礼是他千载难逢的机会,他再也不会错过那么好的机会。天时在于一个可以隐藏痕迹的冬天,地利在于偏远的山庄,人和在于他的目标都聚在了一起。"

"好家伙,原来我们都被算计了?"谢让懊悔地将了将自己的头发。

"我们从哪说起呢,先从第一个受害人开始说起吧,麻烦白喜警官把你的笔记本借我用一下,我觉得里面写得非常详细。"

"喏,给你。"白喜把笔记本翻到了初始页,递给了孔布。

"好的,谢谢。第一具尸体的发现时间是在早上 7 点半,发现人是跑步的简忆和唐更尧,发现地点在离山庄大约 3 千米处的道路拐弯处,从表面上看像是死者在开车过程中出现了交通意外,而导致汽车自燃,死者困在驾驶室被严重灼伤而身亡。不过在现场死者的姿势却很奇怪,大家想想,如果真的是交通意外,死者趴在汽车驾驶室,手指应该会紧握方向盘,而现场的尸体,手指并没有紧握方向盘,而呈现一种无力的状态,我就猜想是被谋杀,后来在法医的鉴定报告里面也证实了这个推断。但是从警方给的尸检报告里面显示出了死者生前服用了安眠药。"

"镇静类药物。"唐更尧从记忆里搜寻着这些医学知识。

"大晚上开车,吃什么安眠药,果然是被谋杀。"谢让忍不住嘀咕。

"没错,就是一场谋杀,而且是系列谋杀的开端,必须从这一次的谋杀开始分析,凶手杀人都有非常严谨的顺序。当时刚刚下过雪,现场痕迹被完美掩盖了,可以说是老天爷在帮这位凶手,给案件笼罩了一层阴影,不过迷雾消散总会露出道路。我当时在现场发现了一处有意思的疑点,就是在汽车旁边有一块土比较松动,这就像是嫌疑人的脚印。"

"有脚印吗？"沙志忠提出了质疑，他不可能没有发现那么明显的痕迹。

"像是脚印，因为那个印迹是独一无二的，可以表明死者身份的，雪帮了凶手，也害了凶手，下雪之后很好地保留了之前土块的原状，那一块松动的土，表明此前有一块重物正压在上面，从覆盖范围上看，很像是一个成年男子曾经躺在上面。"

"是凶手？"

"不会是，我猜想那么冷的天，躺在那里的应该是被迷晕的死者。应该是先开车到这里，需要从车里搬运出死者，因为拖曳沉重的身体在土里留下了轨迹，而凶手需要用脚去消除轨迹，就把周围的土踩松了。人总是为了掩埋一处痕迹，而露出另一处痕迹。就好像受惊吓的鸵鸟一样，把头埋进土地，却露出了更大的目标。"

"等等，就算这样，也证明不了什么，这不是一样吗？并不影响对案情的判断，无非是换一种杀人方式，一种是给死者下药，让他开车出现交通意外，另一种是先迷晕死者，把他放到车上驾驶座，再发动车，造成交通意外，只是前后顺序不同嘛。"严顺民感觉自己都被绕晕了。

"不一样，凶手的手法选择决定他的最终目的。第一种手法只是单纯谋杀一个人，而第二种手法的话，那是一个深思熟虑的布局，杀这个人只是一个起点，这是后来一直困扰我的点。"

"是为了杀温厚海，才杀汤显维？"严顺民好像跟上了节奏。

"所以,我才想一般的谋杀案目的只是谋杀本身,而这一次却是一次从头到尾的戏剧,凶手并不是打算杀人那么简单,我们再看第二次谋杀。"孔布拿着手中的笔记进行了翻页。

"发现时间是在早上9点左右,案发地点是在温厚海的房间中,发现人是谢让和严顺民,根据尸检报告,死亡时间在凌晨3—4点,死者体内也检测出了安眠药。刚才我也解释了为什么用这样的手法。再之后,凶手矛头指向程良昌,不过被我抢先一步。凶手的三次谋杀,就像是一场典礼一样,从开场、起势、高潮,到落幕,一气呵成,行云流水。当大家以为典礼的主角是汤显维时,他只不过是开场,当以为是温厚海时,已经开始起势,如果程良昌真的不见了,就进入高潮,而最后是我们的凶手先生华丽转身,谢幕下场。"

"凶手到底是谁?不是薛展国,也不是谢让、程良昌,难道是他?夏老板?"龚彩云在盘算着在场人。

"喂,你们别开始乱猜,好不好?"丁辉急忙制止住恶意的攻击。

"夏老板是一个非常重要的人物,也正因为他,凶手才把场地选在了这里,因为他虽然不是凶手的目标,但是凶手也并不想让他的日子变得好过。夏老板,我这样说,希望你别生气。"

夏平点头示意了一下,大脑却在盘算孔布指的是哪件事。

"凶手杀了汤显维、温厚海之后,还打算嫁祸给程良昌,看来我们厚海得罪的人确实不少啊。"唐更尧愤愤然。

"唐史尧所言极是，很多时候确实是一个公司的人都要承担连带责任，不过这次事件并不是因为公司恩怨而连累个人，而是个人恩怨连累了公司。"

"此话怎讲？"

"其实和公司没关系，只不过这几个人凑巧就在一家公司而已，我说得没错吧，凶手先生？"孔布一转头，望向了那个人。

那个在角落一直不起眼的人。

所有人顺着孔布的视线惊慌的看过去，邱谦一脸无辜地回望着大家，连忙摆手和摇头。

"不可能，绝对不可能的。小邱他一直在我们身边，而且没有任何作案动机。"丁辉瞪大了眼睛。

"凶手不是邱谦，只不过现在的名字叫邱谦。"孔布盯着邱谦，露出了轻松的笑容，"我说得没错吧，汤显维？"

33

凶手

众人完全蒙了，所有人都不知道此刻发生了什么。

"原来如此，凶手杀了邱谦，然后借用邱谦的尸体扮成了自己的尸体。"这时沙志忠恍然大悟，吸引了众人的注意。

白喜的眉毛却紧锁着，说道："可是沙队，老胡的尸检报告里面，显示的明明是汤显维啊。"

沙志忠苦笑道："凶手狡猾之处就在于尸检报告。我们太依赖于刑侦资源，这次差点进入凶手的诡计之中。还记得老胡其实没有说凶手就是汤显维，他的结论是从车祸现场仅有的毛发和衣物上与汤显维房间的毛发做DNA比对，为同一个人的可能性很大。"

白喜低头陷入了回忆，"没错，是这样的结论，难道说……"

"万万没有想到，凶手为了让尸体变成汤显维，自己变成邱谦，故意把自己的痕迹隐藏了，我们获取证据的汤显维的房间，应该也是经过精心布置的。"沙忠忠没想好凶手怎么布置的房间。

孔布接着补充道:"沙警官说得很对。凶手先让邱谦住了一晚,也就是典礼的前一天晚上,我想这一定是悄悄进行的,因为没有人知道邱谦已经到酒店了,大家一直以为住在那儿的是汤显维。"

白喜疑惑,"所以,第二天汤显维让春姐不需要打扫房间?"

孔布回答:"没错,所以春姐觉得这个客人很好相处,不过我想那时候他已经把迷晕的邱谦拘禁在了房间里。汤显维很小心翼翼地在房间活动,穿着类似于雨衣的衣服,确保房间留下的所有痕迹就是邱谦的。"

"害得我们好苦,不过凶手费了那么大劲,造成一场车祸,风险会不会太高了,车祸很容易被人发现的。"白喜皱起了眉头。

"所以,凶手还有另外一个诡计,就是时间差。应该是在典礼开始前不久就杀死了邱谦,制造了犯罪现场,我想当时大家还没有人注意到商务车不见了,等典礼之后,汤显维再把帽子和毛发烧掉,送到了现场。而之所以他会在现场显得很匆忙,因为他是一个合格的凶手,但不是称职的导演。"

"一场喧哗的典礼,掩盖掉了一场残酷的谋杀。"周羽感慨道。

"正是如此,所有人都会注意到典礼,谁会去想同一时间的一场车祸呢?因为在典礼上大家都看到了汤显维,谁又能想到车祸发生在典礼之前,所以大家大半夜都没有听到什么动静,原来这一切发生在典礼时。"严顺民若有所思地说道。

"假扮另一个人哪有那么容易？"唐更尧很费解。

"认出一个人也很难，我们识别一个人最快的方式并不是看长相，而是口音和轮廓。凶手在口音上，一个是用海归的蹩脚普通话，一个用方言，我们很难找到相似点；而轮廓上，他故意让自己有点跛脚，和之前汤显维走路姿势就差异较大；面容上，谁会盯着一个皮肤黝黑、脸部有伤疤的人细看呢？"

"不对啊，即使装扮再像，我们这些朝夕相处的人也会看出纰漏来，我们怎么都没有发现？"严顺民一向对于自己辨人是很自信的。

"这正是他的高明之处了。因为并不是汤显维在假扮小邱，而是小邱在假扮汤显维。我想小邱才是他本来的生活习惯和性格。他故意在厚海生活的这段时间营造出海归精英的刻板印象，出门化妆，穿着体面，举止绅士，用海归式的口音，全身的奢侈品大牌等，符合我们对于海归的认知，而其实他骨子里就是一个传统淳朴的小镇青年。所以他是用几个月在假扮另一个人，而在这里是做自己。再说，谁又会那么留意身边的同事呢？都是过眼云烟，所以我们很难发现。"

龚彩云撇了撇嘴，心想还真是如此。

"可是山庄里的人难道也认不出来吗？"严顺民看向了丁辉。

"所以汤显维很辛苦，山庄里的邱谦也是他，为此，他周一到周五都在厚海上班，周末在这里兼职，可谓是异常忙碌，而大家都看到一个十分敬业和忙碌的汤显维，在酒店里面却是一个做事细心但不善言辞的小邱，他成功扮演着自己的角色。而我想真正的邱谦，也就是烧死的那一位，只是被盗用了身份，自己刚到山庄就被软禁在汤显维房间，并遭遇不测。"

"怪不得我们家的那只狗'八顿'突然消失了，原来也是小邱，哦不对，是汤显维干的，怕自己被认出来呗。"丁辉恍然大悟。

"我想是的，动物比人更有分辨能力。职场上都是泛泛之交，谁又会真正了解一个人，都是知道他的轮廓和印象罢了，反而聪明的'八顿'会比我们更早就发现凶手。"

"真是天衣无缝，不过你是怎么看出破绽的？"沙志忠试探性地提问。

"一个人外貌、口音、姿势或许都能变，但是有一样东西很难去变化，就是无意识的习惯。比方说人在受惊吓时常常说出的第一个词是自己母语一样，在无意识状态下表现出的就是最真实的自己。我观察到一些细节，第一个是我让他帮我拿水的时候，他下意识拿的是冰水，而不是温水。然后说以为我们城里人都喜欢冰水，这个举动让我很意外，我想这是只有在国外生活的人才有的习惯吧？而且我记得我要那种消毒水味的威士忌时，他一开始其实知道我指的是来自艾雷岛的拉佛格，正准备去递给我，不过他想了想自己不能知道，转过头来又问了我一句是什么酒。人的眼神是很难骗人的。"

"但是，这只是你的猜测。"沙志忠觉得这些并不能是决定性的因素,"不过,那他也跑不掉,汤显维还有家和公司嘛,我们采集一下毛发做 DNA 比对啊,就知道这小子是不是汤显维了。"

孔布表示否认,"公司很难收集,毕竟是公共场所,至于家里嘛,我想这就是他一直住酒店的原因吧,他没有留下任何生活痕迹。所以,关于汤显维的生活痕迹他已经全部消灭了,而他现在只是邱谦而已。"

白喜一脸茫然,"这可咋办?真狡猾。"

"所以,我需要一个只和汤显维接触过,完全没有和邱谦接触过的人,大家是否还记得昨天晚上那个不专业的主持人,他遇到一个不称职的导演,在慌乱的时候,这位导演抢过了主持人的话筒,还撞上了主持人,这样的接触,一定会留下痕迹。于是,我打了个电话给那个主持人,并叫了一个快递去取他的衣服,然后也送去公安局,我想比对结果很快就能出来,主持人身上如果有邱谦的毛发就会太奇怪了吧。"

沙志忠一时语塞,没想到孔布已经借用警局的力量了。白喜没有留意到他的窘态,急着发问:"如果比对结果出来,凶手就再也逃不掉了,手段真残忍!那温厚海也是他杀的?"

孔布露出了一个无奈的笑容,"我猜想这个机会是一个偶然,汤显维在温厚海的办公室安装了窃听器,作为行政的他应该很容易办到。他就像是一个趴在浅滩的鳄鱼,一直等待着一个机会的到来,而'温厚海假死'的计划显然就是最好的机会,于是他张开口,狠狠地咬了下去。"

龚彩云终于忍不住了，把这两天经历的抑郁一起翻涌而出，"天哪，他们有什么深仇大恨，要连着杀两个人？"

"问得好！我说案情的关键在于三个礼，刚才讲了两个礼，老板的葬礼、公司的典礼，还差最后一个礼，是朋友的婚礼，也就是夏平的婚礼。"

"我的婚礼？我的婚礼怎么了？"夏平突然伸长了脖子。

孔布充满着欣慰，"我慢慢说，这犯罪手法都不是这个案件最难的地方，最难的地方在于犯罪动机究竟是什么，我之前一直有一个苦恼，到底汤显维和温厚海有什么关系，相信沙警官他们也动用警察资源搜查了死者资料，明面上他们确实没关系。夏老板还记得你婚礼上那个害羞的伴娘吗？有时候不入流的网红还是有些自己的手段的，我的朋友有一个在礼县，也就是温厚海他们老家，做地方台的记者，我才知道了一则不起眼的社会新闻，一个年轻漂亮的女孩因为参加完朋友的婚礼，没过多久，就在家里自杀了。对吗，汤显维先生？"

一直没有说话的汤显维，没有绷住，表情没有变化，眼泪止不住地往下流。

"是……这帮流氓，杀了她！"

这是一双布满血丝的眼睛，被愤怒、疲惫、仇恨等复杂的情绪裹挟着，汤显维用尽了所有的气力，让这几个字尤为铿锵。

他整个人瘫软在椅子上，脑海里浮现出一年前隐痛的经历，望着眼前这些等待着故事的看客，他不由得笑了笑，原来有的人离奇而悲惨的命运，不过就是别人茶余饭店的一个故事而已。

"孔先生口中的那位女孩叫明雯，她是个内向文静的女孩，有明媚的眼睛和清秀的眉毛，夏天喜欢穿浅蓝色连衣裙，冬天喜欢穿橘色的大毛衣，笑起来的时候眼睛特别亮，里面像有一整片海洋在。她不像是这个世界的人，而像是上天派来的天使。"他脸上浮现出孩子般的笑容，"我初中的时候和她是同桌，很自然就走到了一起，但是因为和家人在几年前就移民了，我和她一直聚少离多，两地相隔。但是她开朗的性格，以及对我细心呵护并没有让我们之间的距离变得遥远，反而让我们的心更近了。"

"一切的一切都源于去年夏天，我因为和父母一起回家扫墓，很难得有一段时间呆在国内。那是我一生中最美好的时光，我和雯经常一起约着散步，在我们那个小镇上最舒服的就是趁着太阳还没落山，去河边伴着余晖散步，风吹拂河面撩拨起轻微的细纹，又把水中的余晖打散掉。那种美好的感受是我在国外没有体会过的。可是美好的日子并不长久，有一天我在她家门口等了她好久，也不见她出来。于是我就进了她家，和她父母打了声招呼。"

汤显维停顿了一下，眼里面泛出了晶状物体。

"他父母也很疑惑，只是说她回到家后一直把自己反锁在房间里，问什么也不说。我在门口敲了半天门，雯确实在里面，不过就是不肯开门。无奈之下，我只能撞门而入。映入眼帘的那番景象让我震惊，她全身湿透，只穿了一件白色的睡衣，抱着双脚在床上坐着，双眼无神地望着自己脚趾的方向，像是丢了魂一样。她那天没有哭，但整个世界都像是被捏爆了一样的压抑。我尝试着和她说话，但是她什么话也没有说，就维持那么一个状态。"

"接下来的几天她依然什么都不肯说，勉强会喝一点粥。这种丢了魂的状态持续了一周，一周以后的结果大家都知道，我的天使，就这样被天国招了回去。"

"啊，她自杀了？"龚彩云突然喊道。

"事后，我调查了很久，问到她的朋友才了解，就是因为她参加了那场婚礼，那场喧哗无耻的婚礼。她因为她朋友的婚礼才去做的伴娘，她的性格不太擅长拒绝别人。婚礼上经历的事情，成了她终身的噩梦。谁也没想到当地的风俗是要闹伴娘，那些男人们趁着酒劲，借着礼俗的名义，对一个无辜女孩实施了这些勾当。"

"唉，这些传统风俗，流传了很久。"谢让感叹道。

"毫无根据，就因为是传统的就继承而已，这是愚昧。因为热闹崩塌了体面，这是低俗。婚礼无非是宣告一个家庭的成立，有亲朋好友的见证和祝福足以，难道去侮辱和猥亵另一个女孩就能给新人带来更多福气吗？这种礼数不值得尊重。"

"所以，就是温厚海、程良昌他们参与了这……事。"唐更尧本来想说婚礼，又想说闹洞房，不过想想都不合适。

"小天使，她不想破坏人的婚礼，接受了当地的风俗，谁知道那三个流氓、邱谦、温厚海、程良昌不顾雯的反对，愈演愈烈，明明就是反抗，为什么当作是气氛和热闹呢？明明就是暴力，为什么当作是彩头和吉祥呢？难道这就是礼，这就是每次结婚都要进行的礼吗？这就是多年文化裹挟下腐臭的文化吗？"

"她喝了一点酒，被人以为是酒精作用下的疯闹，他们喝了许多酒，解释成酒后失态。这件事就那么不了了之了。而雯在百般屈辱、昏昏沉沉的状态下，拖着这个受尽羞辱的身体回家，一直在洗澡，感觉要洗掉身上的这层皮。她把自己就那么紧紧地锁在房间里，把自己的柔软也锁了起来，把过去那个自己也永远锁了起来，她最终和这个世界告别。"

"人间悲剧。"周羽轻叹道。

"都是罪孽。"程良昌低着头，避开所有人的视线。

"所以，你就开始了自己的复仇计划？"沙志忠狠狠地盯住了汤显维。

"这一切来得太晚了，我一直在等待一个机会，等待一个可以把他们都送去地狱的机会。终于让我等来了这次典礼，让我能实施这样的计划。我的世界已经不会再有光了，他们也不会再有了。"

说完，汤显维望着地板，默默低下了头。

到了下午，山庄又恢复了平静与祥和。

一辆警车从山庄内驶出，车轮碾过路边木渣，吱吱作响，犯人汤显维被警车带走。沙志忠、白喜和孔布目送着警车离去。

"孔老师，方局让我代表他来感谢你，辛苦你了。并且……"沙志忠眼神略有回避，还依然望着警车的方向，"问你有没有兴趣做刑警大队的顾问呢？"

"不客气，这是我的兴趣，不过代我谢谢方局的好意，我可不想把兴趣变成工作。做直播我能随心所欲，能赚点钱养活自己就可以。"孔布毫不犹豫地拒绝了。

"原来是这样，那也不能强人所难。"沙志忠脸上露出藏不住的窃喜。他可不希望队里面多出一个网红指手画脚。

"孔老师，你要么再考虑考虑，推理直播和刑侦顾问都是破案，一样啊。最终结果可都是为了正义。"白喜显然认为沙志忠也抱有遗憾，正准备劝一劝。

"兴趣是天使的苹果，上班是恶魔的磨盘。我不想被迫做一些不想做的事，看到一些不愿目睹的局面。你看看温厚海、程良昌他们，都已经到这个位置了，依然要被迫去干很多自己也不喜欢的事儿，倔强如唐更尧，精巧如周羽，机智如严顺民，谨慎如谢让，认真如简忆，善良如龚彩云，又如何？也被迫要参加这场无聊的典礼，再喧哗而欢。最终都是一瞬烟火，一时泡沫，转而寂灭。"

"也没你想得那么糟糕，只是会有一些规章制度要遵循，和生活的礼差不多。"沙志忠忍不住反驳，自己的工作被说成了被迫也有点难堪。

"我这人吧，懒散惯了。"说着，孔布拿起桌上的咖啡，一饮而尽。

白喜准备继续劝说，孔布却不打算继续和他们辩论，环顾四周，正好他的挡箭牌走了过来。

"孔老师，原来你在这里啊，我们准备走了。"简忆刚从餐厅走出来，看到了孔布，洋溢着愉悦。

"简忆，车子快到了吗？"孔布连忙转向另一边的简忆。

"是的，刚收拾好行李，大家约好在这里等车。真的太谢谢孔老师了。"

"不用客气，我也是因为自己感兴趣而已。"孔布面容拂过一丝羞涩，随后又严肃起来，"其实我还有件事想拜托你，我们进屋聊？"

"好的，我放一下行李。"

沙志忠和白喜就巧妙地被留在了门口。

孔布领着简忆坐在了早餐厅，给她倒上了一杯咖啡，自己也倒了一杯。

"这里的咖啡虽然难喝，但有总比没有强。"

"确实。"简忆低下头喝了一口咖啡，又抬头望着对面的男人，"孔老师，你找我什么事？"

"没什么事，不瞒你说，就是想摆脱小白警官他们，不然又要给我上课。"孔布放下了杯子，微笑地看着简忆。

"原来孔老师也会烦被上课。还以为你无所不能，无所不晓呢。"简忆笑得像个孩子。

"我可没那么厉害,我想100%还原案情,但始终有些地方没想明白。"

"还有遗憾吗?"

"他为什么要擦干净温厚海房间的门把手,难道就是单纯地想混淆视听?还有他为什么会被严顺民抓到接要挟电话?如果是故意装的,让人觉得他被威胁,也说不出道理。"

"果然是孔老师,总是追求极致完美,我们都以为推理已经十分缜密了。"

"并没有,因为汤显维没有提出任何反驳和解释,我总感觉他在帮着掩饰些什么。也可能是我多想了。我们做推理要善于怀疑和反推,基本上就是不断验证自己结论的过程,所以我也常常怀疑自己的判断,找各种反例来反推,直到自己的结论经得住推敲才行。所以我睡眠才总不好,真是头疼。"

"不用太苛责自己,哪有完美的事情,孔老师已经是神探了,那么短时间就能抓到凶手,并绳之以法,而且还救了程良昌。"

"后来,我想到一种猜想来安慰自己。完全没有任何证据的猜想。"孔布沿着顺时针快速搅拌着自己的咖啡,喝了一口,说道,"汤显维在保护一个人,这个人可能最开始想自己实施犯罪,所以汤显维在电话里苦苦哀求'求你了,再给我两天时间',这句话其实是劝慰对方。并不是汤显维受到要挟,另外擦掉温厚海的门把手,我想是因为想隐瞒那个人的痕迹。"

"这个人是谁?"

"我从动机出发去推理,其实有动机的不仅仅是那个自杀女孩的男友汤显维,记得夏老板说过是因为原本伴娘没有来,那个自杀的女孩才替她来的。所以我想原本那个伴娘也很想帮自杀女孩报仇,不过汤显维站了出来,决定不拖任何人下水,自己单干。"孔布停顿了一下,看了一眼简忆,抱着咖啡杯继续说,"当然这只是猜测,我觉得这个伴娘并没有任何实质性的犯罪行为,正如汤显维。"

简忆一直没有说话,僵在一边。

孔布换了一下坐姿,"我是不是太失礼了?和你说了那么多不着边际的话。我只是猜想。"

"没什么,孔老师,我想我该走了。"简忆起身离开,刚起身,后头说了一句,"我才是那个失礼者。"

孔布欣慰地笑了笑,迈着小步走了出来,他的步伐轻盈多了,像是踏着飞燕,踩着祥云,完全感知不到地心引力一样。

(全书完)